愿生命从容

周国平 著

北京出版集团公司
北京十月文艺出版社

享受人生而不沉湎

看透人生而不消极

自序

这本书的编选者不是我，在很大程度上也不是出版社的编辑。是谁编选了这本书？本书编辑姜应满在《编后记》中如是说——

“作为读者与编辑的双重身份，我有个心愿，我想与万千读者互动，我想看看历经岁月流变、时代变迁，一代代读者喜欢的周国平又有多少重叠。我开始各种搜索，查看读者评论、读后感、分享数与推荐数，从而甄选出了59篇周国平文章，收录豆瓣、人人、百度、新浪、网易、腾讯等亿万网友感动和推荐最多的篇目。该书选篇非作者自选，也非编辑个人选择，而是众读者的选择。”

非常有意思。我知道我的文章常被网友转发和评论，但我自己没有时间去查看，而现在通过小姜的辛勤工作，我仿佛看到了类似海选投票的结果。我嫌我的作品选本已经太多，对于出版新的选本总是十分犹豫，可是这个选本很特别，我决定开绿灯。好比烹饪，点菜率高反映了某种普遍的口味，把这些品种集中起来，专开一间餐厅，对于人们未尝不是提供了方便。

网络是一个热闹的地方，这个热闹的地方也有一些安静的角落，我的作品也许就是在这些安静的角落里流传。这是一个快节奏的时代，人们仿佛被裹挟着匆忙前行。大家喜欢匆忙吗？不会的，好像是身不由主吧。但是，身不由主——这本身就是问题，人怎么可以放弃对自己身体的主权，任其完全被外界的因素支配呢？我相信，那些喜欢我的作品的读者和我有同感，他们宁愿和人世间的各种竞争保持距离，让自己的生命从容。

愿生命从容——我认为，这个标题准确地概括了本书所选文章的主旨。你真正爱你的生命，就要照看好它，让它有一个好的状态。一个人太看重外在的功利，就会顾不上照看自己的生命，对它的状态忽略乃至麻木。生命不应该是用来获取别的东西的手段，它本身就是目的，你所做的一切，其价值归根到底要根据对你的生命状态的作用之好坏来评判。也许有人会问，从容是唯一的好状态吗？不错，你还可以让你的生命精彩，去创造辉煌，扬名天下。精彩当然也很好，但是，据我所见，真正活得精彩的人一定不是急于求成之辈，其共同点是对自己的兴趣和能力有足够的认知，知道自己的路在哪里，因而能够从容地走在这条路上，也从容地享受途中的收获。所以，从容是基本的好，有了它未必精彩，没有它肯定不精彩。

人年轻时不容易从容，因为什么都想要，却又不知道真正想要的是什么，于是内心焦躁，行动忙乱。从躁乱到从容有一个过程，在其中起作用的诚然有阅历的增长，但仅此还不够。有的人阅历倒是增长了，经历了一些挫折，明白不可能什么都要，却仍不知道自己该要和能要的是什么，结果不是变得从容，而是变得沮丧和消极。真正重要的是，第一知道你应该要什么，人生中什么是重要的、值得争取的，第二知道你能够要什么，做什么事最适合于你的性情和禀赋。前者是正确的价值观，后者是准确的自我认识，在我看来，二者是让你的生命从容的关键。那么，在本书出版之际，我就把这作为对青年朋友的希望，与你们共勉吧。

周国平

2014 年 12 月 28 日

目录

叁 // 孤独是爱最意味深长的赠品

肆 // 爱情是理想的，婚姻是现实的

伍 // 孩子，是坠落人间的天使

陆 // 即使脸上有疤痕，活着也是美好的

给人以生命欢乐的人，必是自己充满着生命欢乐的人。一个不爱自己的人，既不会是一个可爱的人，也不可能真正爱别人。

成熟了，却不世故，依然一颗童心。成功了，却不虚荣，依然一颗平常心。兼此二心者，我称之为慧心。

壹

活得简单 才能活得自由

论真性情

我的人生观若要用一句话概括，就是真性情。我从来不把成功看作人生的主要目标，觉得只有活出真性情才是没有虚度了人生。所谓真性情，一面是对个性和内在精神价值的看重，另一面是对外在功利的看轻。

一个人在衡量任何事物时，看重的是它们在自己生活中的意义，而不是它们能给自己带来多少实际利益，这样一种生活态度就是真性情。

一个人活在世上，必须有自己真正爱好的事情，才会活得有意思。这爱好完全是出于他的真性情的，而不是为了某种外在的利益，例如金钱、名声之类。他喜欢做这件事情，只是因为他觉得事情本身非常美好，他被事情的美好所吸引。这就好像一个园丁，他仅仅因为喜欢而开辟了一块自己的园地，他在其中培育了许多美丽的花木，为它们倾注了自己的心血。当他在自己的园地上耕作时，他心里非常踏实。无论他走到哪里，他也都会牵挂着那些花木，如同母亲牵挂着自己的孩子。这样一个人，他一定会活得很充实的。相反，一个人如果没有自己的园地，不管他当多大的官，做多大的买卖，他本质上始终是空虚的。这样的人一旦丢了官，破了产，他的空虚就暴露无遗了，会惶惶然不可终日，发现自己在世界上无事可做，也没有人需要他，成了一个多余的人。

人做事情，或是出于利益，或是出于性情。出于利益做的事情，当然就不必太在乎是否愉快。我常常看见名利场上的健将一面叫苦不迭，一面依然奋斗不止，对此我完全能够理解。我并不认为他们的叫苦是假，因为我知道利益是一种强制力量，而就他们所做的事情的性质来说，利益的确比愉快更加重要。相反，凡是出于性情做的事情，亦即仅仅为了满足心灵而做的事情，愉快就都是基本的标准。如果感受不到愉快，我们就必须怀疑是否有利益的强制在其中起着作用。

你说，得活出个样儿来。我说，得活出个味儿来。名声地位是衣裳，不妨弄件穿穿。可是，对人对己都不要衣帽取人。衣裳换来换去，我还是我。脱尽衣裳，男人和女人更本色。

人生中一切美好的事情，报酬都在眼前。爱情的报酬就是相爱时的陶醉和满足，而不是有朝一日缔结良缘。创作的报酬就是创作时的陶醉和满足，而不是有朝一日名扬四海。如果事情本身不能给人以陶醉和满足，就不足以称为美好。

此生此世，当不当思想家或散文家，写不写得出漂亮文章，真是不重要。我唯愿保持住一份生命的本色，一份能够安静聆听别的生命也使别的生命愿意安静聆听的纯真，此中的快乐远非浮华功名可比。

人不仅仅属于时代。无论时代怎样，没有人必须为了利益而放弃自己的趣味。人生之大趣，第一源自生命，第二源自灵魂。一个人只要热爱生命，善于品味生命固有的乐趣，同时又关注灵魂，善于同人类历史上伟大的灵魂交往，即使在一个无趣的时代，他仍然可以生活得有趣。

活得简单才能活得自由

在五光十色的现代世界中，让我们记住一个古老的真理：活得简单才能活得自由。

自古以来，一切贤哲都主张过一种简朴的生活，以便不为物役，保持精神的自由。

事实上，一个人为维持生存和健康所需要的物品并不多，超乎此的属于奢侈品。它们固然提供享受，但更强求服务，反而成了一种奴役。现代人是活得愈来愈复杂了，结果得到许多享受，却并不幸福，拥有许多方便，却并不自由。

仔细想一想，我们便会发现，人的肉体需要是有被它的生理构造所决定的极限的，因而由这种需要的满足而获得的纯粹肉体性质的快感差不多是千古不变的，无非是食色温饱健康之类。殷纣王“以酒为池，悬肉为林”，但他自己只有一只普通的胃。秦始皇筑阿房宫，“东西五百步，南北五十丈”，但他自己只有五尺之躯。多么热烈的美食家，他的朵颐之快也必须有间歇，否则会消化不良。多么勤奋的登徒子，他的床笫之乐也必须有节制，否则会肾虚。每一种生理欲望都是会餍足的，并且严格地遵循着过犹不足的法则。山珍海味，挥金如土，更多的是摆阔气。藏娇纳妾，美女如云，更多的是图虚荣。万贯家财带来的最大快乐并非直接的物质享受，而是守财奴清点财产时的那份欣喜，败家子挥霍财产时的那份痛快。凡此种种，都已经超出生理满足的范围了，但称它们为精神享受未免肉麻，它们至多只是一种心理满足罢了。

人的肉体需要是很有限的，无非是温饱，超于此的便是奢侈，而人要奢侈起来却是没有尽头的。温饱是自然的需要，奢侈的欲望则是不断膨胀的市场刺激起来的。富了总可以更富，事实上也必定有人比你富，于是你永远不会满足，不得不去挣越来越多的钱，赚钱便成了你的唯一目的。

奢华不但不能提高生活质量，往往还会降低生活质量，使人耽于物质享受，远离精神生活。只有在那些精神素质极好的人身上，才不会发生这种情况，而这又只因为他们其实并不在乎物质享受，始终把精神生活看得更珍贵。一个人在巨富之后仍乐于过简朴生活，正证明了灵魂的高贵，能够从精神生活中获得更大的快乐。

一个专注于精神生活的人，物质上的需求必定是十分简单的。因为他有重要得多的事情要做，没有工夫关心物质方面的区区小事；他沉醉于精神王国的伟大享受，物质享受不再成为诱惑。

在一个人的生活中，精神需求相对于物质需求所占比例越大，他就离神越近。

智者的共同特点是：一方面，因为看清了物质快乐的有限，最少的物质就能使他们满足；另一方面，因为渴望无限的精神快乐，再多的物质也不能使他们满足。

我一向认为，人最宝贵的东西，一是生命，二是心灵，而若能享受本真的生命，拥有丰富的心灵，便是幸福。这当然必须免去物质之忧，但并非物质越多越好，相反，毋宁说这二者的实现是以物质生活的简单为条件的。一个人把许多精力给了物质，就没有什么闲心来照看自己的生命和心灵了。诗意的生活一定是物质上简单的生活，这在古今中外所有伟大的诗人、哲人、圣人身上都可以得到印证。

人活世上，有时难免要有求于人和违心做事。但是，我相信，一个人只要肯约束自己的贪欲，满足于过比较简单的生活，就可以把这些减少到最低限度。远离这些麻烦的交际和成功，实在算不得什么损失，反而受益无穷。我们因此获得了好心情和好光阴，可以把它们奉献给自己真正喜欢的人和真正感兴趣的事，而首先是奉献给自己。对于一个满足于过简单生活的人，生命的疆域是更加宽阔的。

许多东西，我们之所以觉得必需，只是因为我们已经拥有它们。当我们清理自己的居室时，我们会觉得每一样东西都有用处，都舍不得扔掉。可是，倘若我们必须搬到一个小屋去住，只允许保留很少的东西，我们就会判断出什么东西是自己真正需要的了。那么，我们即使有一座大房子，又何妨用只有一间小屋的标准来限定必需的物品，从而为美化居室留出更多的自由空间？

许多事情，我们之所以认为必须做，只是因为我们已经把它们列入了日程。如果让我们凭空从其中删除某一些，我们会难做取舍。可是，倘若我们知道自己已经来日不多，只能做成一件事情，我们就会判断出什么事情是自己真正想做的了。那么，我们即使还能活很久，又何妨用来日不多的标准来限定必做的事情，从而为享受生活留出更多的自由时间？

对理想主义的温和坚持

一

据说，一个人如果在 14 岁时不是理想主义者，他一定庸俗得可怕；如果在 40 岁时仍是理想主义者，又未免幼稚得可笑。

我们或许可以引申说，一个民族如果全体都陷入某种理想主义的狂热，当然太天真；如果在它的青年人中竟然也难觅理想主义者，又实在太堕落了。

由此我又相信，在理想主义普遍遭耻笑的时代，一个人仍然坚持做理想主义者，就必定不是因为幼稚，而是因为精神上的成熟和自觉。

二

有两种理想。一种是社会理想，旨在救世和社会改造。另一种是人生理想，旨在自救和个人完善。如果说前者还有一个是否切合社会实际的问题，那么，对于后者来说，这个问题根本不存在。人生理想仅仅关涉个人的灵魂，在任何社会

条件下，一个人总是可以追求智慧和美德的。如果你不追求。那只是因为你不想，决不能以不切实际为由来替自己辩解。

三

理想有何用？

人有灵魂生活和肉身生活。灵魂生活也是人生最真实的组成部分。

理想便是灵魂生活的寄托。

所以，就处世来说，如果世道重实利而轻理想，理想主义会显得不合时宜；就做人来说，只要一个人看重灵魂生活，理想主义对他便永远不会过时。

当然，对于没有灵魂的东西，理想毫无用处。

四

我喜欢奥尼尔的剧本《天边外》。它使你感到，一方面，幻想毫无价值，美毫无价值，一个幻想家总是实际生活的失败者，一个美的追求者总是处处碰壁的倒霉鬼；另一方面，对天边外的秘密的幻想，对美的憧憬，仍然是人生的最高价值。那种在实际生活中即使一败涂地还始终如一地保持幻想和憧憬的人，才是真正的幸运儿。

五

对于不同的人，世界呈现不同的面貌。在精神贫乏者眼里，世界也是贫乏的。世界的丰富的美是依每个人心灵丰富的程度而开放的。

对于音盲来说，贝多芬等于不存在。对于画盲来说，毕加索等于不存在。对于只读流行小报的人来说，从荷马到海明威的整个文学宝库等于不存在。对于终年在名利场上奔忙的人来说，大自然的美等于不存在。

想一想，一生中有多少时候，我们把自己放逐在世界的丰富的美之外了？

一个经常在阅读和沉思中与古今哲人文豪倾心交谈的人，与一个只读明星轶闻和凶杀故事的人，他们生活在多么不同的世界里！

那么，你们还要说对崇高精神生活的追求是无用的吗？

六

圣徒是激进的理想主义者，智者是温和的理想主义者。

在没有上帝的世界上，一个寻求信仰而不可得的理想主义者会转而寻求智慧的救助，于是成为智者。

我更愿意做我自己

卢梭说："大自然塑造了我，然后把模子打碎了。"这话听起来自负，其实适用于每一个人。可惜的是，多数人忍受不了这个失去了模子的自己，于是又用公共的模子把自己重新塑造一遍，结果彼此变得如此相似。

自爱者才能爱人，富裕者才能馈赠。给人以生命欢乐的人，必是自己充满着生命欢乐的人。一个不爱自己的人，既不会是一个可爱的人，也不可能真正爱别人。他带着对自己的怨恨到别人那里去，就算他是去行善的吧，他的怨恨仍会在他的每一件善行里显露出来，加人以损伤。受惠于一个自怨自艾的人，还有比这更不舒服的事吗？

只爱自己的人不会有真正的爱，只有骄横的占有。不爱自己的人也不会有真正的爱，只有谦卑的奉献。

如果说爱是一门艺术，那么，恰如其分的自爱便是一种素质，唯有具备这种素质的人才能成为爱的艺术家。

人与人之间有同情，有仁义，有爱。所以，世上有克己助人的慈悲和舍己救人的豪侠。但是，每一个人终究是一个生物学上和心理学上的个体，最切己的痛痒唯有自己能最真切地感知。在这个意义上，对于每一个人来说，他最关心的还是他自己，世上最关心他的也还是他自己。要别人比他自己更关心他，要别人比关心每人自己更关心他，都是违背作为个体的生物学和心理学特性的。结论是：每个人都应该自立。

真正成为自己可不是一件容易的事。世上有许多人，你可以说他是随便什么东西，例如是一种职业，一种身份，一个角色，唯独不是他自己。如果一个人总是按照别人的意见生活，没有自己的独立思考，总是为外在的事务忙碌，没有自己的内心生活，那么，说他不是他自己就一点儿也没有冤枉他。因为确确实实，从他的头脑到他的心灵，你在其中已经找不到丝毫真正属于他自己的东西了，他只是别人的一个影子和事务的一架机器罢了。

人生在世，不能没有朋友。在所有朋友中，不能缺了最重要的一个，那就是自己。缺了这个朋友，一个人即使朋友遍天下，也只是表面的热闹而已，实际上他是很空虚的。

能否和自己做朋友，关键在于有没有一个更高的自我，这个自我以理性的态度关爱着那个在世上奋斗的自我。理性的关爱，这正是友谊的特征。有的人不爱自己，一味自怨，仿佛自己的仇人。有的人爱自己而没有理性，一味自恋，俨然自己的情人。在这两种场合，更高的自我都是缺席的。

为别人对你的好感、承认、报偿做的事，如果别人不承认，便等于零。为自己的良心、才能、生命做的事，即使没有一个人承认，也丝毫无损。

我之所以宁愿靠自己的本事吃饭，其原因之一是为了省心省力，不必去经营我所不擅长的人际关系了。

我曾和一个五岁男孩谈话，告诉他，我会变魔术，能把一个人变成一只苍蝇。他听了十分惊奇，问我能不能把他变成苍蝇，我说能。他陷入了沉思，然后问我，变成苍蝇后还能不能变回来，我说不能，他决定不让我变了。我也一样，想变成任何一种人，体验任何一种生活，包括国王、财阀、圣徒、僧侣、强盗、妓女等，甚至也愿意变成一只苍蝇，但前提是能够变回我自己。所以，归根到底，我更愿意是我自己。

享受生命的快乐

先说生命的快乐。我们每一个人，上帝给了我们这一个生命，我们只有这一次机会，我们应该享受生命。苦行主义把生命的快乐看作低级的快乐，我认为是大错特错的。但是我发现，真正懂得享受生命的人并不多，人们往往把满足生命本身的需要和满足物质欲望等同起来了，其实这是两回事。现在社会上把金钱看得很重要，好多人把全部精力用来挣钱，挣了钱就花钱，全部生活由挣钱和花钱组成，以为这就是快乐。其实，物质的欲望是社会刺激出来的，并不是生命本身带来的。一个人的生存当然需要有物质条件，要有钱，在这个社会里你没有钱就会很可怜，所以不妨让自己有钱一些。但是，生命有它本身的一些需要，它们的满足给人带来的快乐是最大的，而这其实并不需要有很多的物质、很多的钱。

有一些需要，可以说是生命骨子里的东西，是生命古老又永恒的需要。比如健康，享受生命最基本的一个方面是享受健康。你看那个古希腊哲学家伊壁鸠鲁，他讲幸福就是快乐，他给快乐下的定义是什么？他说快乐就是身体的无痛苦和灵魂的无纷扰，也就是说，你有一个健康的身体，一颗宁静的灵魂，你就是快乐的，你就是一个幸福的人。我特别欣赏托尔斯泰的一句话，他说真正的物质幸福不是

金钱，从物质角度来看什么是幸福，那也不是金钱，是什么呢？他说对个人来说是健康，对人类来说是和平。这个道理其实很简单，如果没有健康，你金钱再多有什么用。现在有些人为了挣钱，累出一身病，英年早逝，值得吗？

人是自然之子，和自然交融，享受大自然，享受阳光、空气，这也是满足生命本身的需要，给人以莫大的快乐。关于这一点，我就不多说了。

生命的快乐还有一个方面，就是所谓天伦之乐，爱情、亲情、家庭，这是人生非常重要的价值，是人生幸福不可缺少的一个方面。回想起来，我这一辈子幸福感最强烈的时候是什么时候？有两段时光。一段是刚上大学时，我是十七岁进了北大，正值青春期，整个人在发生变化，我眼中的整个世界也在发生变化，我突然发现天下有这么多漂亮的姑娘，真觉得这个世界太美好了，人生太美好了。那个时候，实际上我并没有谈恋爱，你们现在很幸福，你们在大学里是可以自由谈恋爱的，我六十年代上大学的时候，大学生是不允许谈恋爱的，尤其是如果被发现了发生关系或怀孕，那是要受处分甚至开除的。但是你挡不住青春啊，这个感觉在啊。我记得海涅有一句诗："在每一顶草帽下面，都有一个漂亮的脸蛋。"那个时代的时尚吧，女士、小姐戴一顶精致的草帽。我当时的感觉就是，好像有一件未知的、还不太清楚的，但是非常美好的事情在等待着我，这是一种非常强烈的幸福感。

我确实觉得恋爱是非常美好的。现在有些人说，大学生谈恋爱不好，是早恋。大学生都十七八岁了，还说早恋啊？这正是恋爱的季节！大学生谈恋爱，天经地义。我们这一代人已经被压抑了，不应该再压抑新的一代，是吧？我对大学生恋爱是这样看的：第一，我觉得特别正常；第二，我觉得你也不要当作一个任务去完成。我知道有些同学是当作任务完成的，别人有女朋友、男朋友了，别人在谈恋爱了，好像我不谈恋爱就没面子似的，这个就不必要了，应该顺其自然嘛，你的日子长得很，不用勉强去谈，不要攀比，是吧？第三，我希望是这样的，要高质量地谈恋爱。恋爱是有质量的区别的，质量取决于谈恋爱的当事人的质量，境界不同，素质不同，恋爱的质量是有差别的。如果你光是沉溺在卿卿我我这种关系里，别的什么都不要了，我觉得挺可悲的。我刚才强调，快乐应该是可持续的，有生长能力的。你们这个年纪可以说是为一生的幸福打基础的时候，应该是通过恋爱互相促进，互相激励，激励精神的向上、求知的努力和创造的冲动。恋爱是可以有极大的激励作用的。我真正谈恋爱是比较晚的，但我那时候的状态非常好，写了很多诗啊，很多爱情诗、哲理诗，还写了很多哲学的随感。因为当时我的女朋友啊，她是一个爱文学的人，特别看重文学才华，我就想表现自己，就使劲写啊，能够博美人一笑就特别满足，特别有成就感。我当时写这些东西，根本没有想到要出版，许多年后出版了，现在来看，仍然是我自己最满意的作品之一。我是想说，我是支持大学生谈恋爱的，但是你这个状态应该是一个更好的状态，一个能够开花结果的状态。这是一段时间，就是青春期、谈恋爱，幸福感特别强烈。

还有一段时间，我也觉得幸福感特别强烈，就是自己刚当了爸爸，初为人父的时候，第一次迎来了一个小生命。你们现在没有孩子，你们是不知道的，将来你们就会知道，现在跟你们说了也没用。我自己没有孩子的时候，人家跟我说孩子多么可爱，我是没感觉的，原来没有孩子的时候，我对要不要孩子的态度就是顺其自然，有也可以，没有也可以，我觉得没有也不是什么缺陷。但是有了孩子以后，真是不一样，你生命里面的一些东西，有些你不知道的本能被打开了。那是我又一次感觉到世界非常美好，有某种未知的非常美好的事情在等待着我，那个感觉就是每一天都是新的。当然我的第一次经历是很不幸的，你们可能看过我写的《妞妞——一个父亲的札记》，我的第一个孩子刚满月的时候，就发现患有先天癌症，一岁半就去世了，我为她写了一本书。后来我又有了一个女儿，我觉得每次孩子来到的时候，那种心底里的快乐都无比强烈，我愿意什么也不干，整天陪着她，跟她玩，给她记录。尤其孩子快到一岁的时候，开始学说话，到两岁、三岁，话语的那种美妙啊，大人是想象不出来的。我为我现在的女儿写了很多日记，那几年里面，我的日记大部分是写她的，是她的话语的记录。我准备把这些东西好好整理，作为一个礼物送给她，这是给孩子的最好的礼物。我们自己小时候的事情，我们都忘了，这是很可惜的，所以我不能让我的孩子的童年也是空白。我写过一篇文章叫《我给女儿当秘书》，我那时候真是给她当秘书，认真记录她的言行。当时她也习惯了，说出一句妙语，我夸她，她马上说，爸爸你给我记下来。

这种感觉不光是我有，我看很多人，无论是大人物、小人物，这个感觉是共同的。比尔·盖茨，全球首富，现在不是了，好像是老二了吧，他有一张照片，是他抱着当时两岁的女儿照的，下面有一句题词："只有在这个时候我才感到最幸福。"他有五百亿美元的家产，但是财产带给他的快乐，那种打动人心的深度，远不如这个小生命给他带来的。凭我自己的体验，我相信他讲的完全是真话。财富带来的名利欲、权力感、雄心的满足，是另一种性质的快乐，在深度上无法与生命根底里的快乐相比。还有美国现代舞的创始人邓肯，她是一个天性非常健康的女人，一生谈了无数次恋爱，她的自传写得非常真实。在刚有小孩的时候，她这样喊道：上帝啊，在这个小生命面前，我的那些艺术算得了什么呀，所有的一切算得了什么呀！其实普通人也一样。有一次我在北京坐出租车，从我上车开始，那个司机就跟我说他的孩子，他有了一个一个月大的孩子，一直说到我下车。在我临下车前，他跟我说：你知道吗，我以前最讨厌的就是人家跟我说他的孩子，婆婆妈妈的，琐琐碎碎的，有什么意思，现在我自己有了孩子，我忍不住要说啊。这个东西真是人性根底里的东西，生命核心里的东西。

后来我就分析了，我说人的性本能实际上有两个层次，一个层次是快乐本能，就是男女之间的事情，当然这也是很大的快乐，不过还是比较低的层次。它的更深的层次是什么？是种属本能，所谓的传宗接代。大自然把这个本能安在人的身体里面，我们平时是不知道的，没有孩子的时候，这个本能是沉睡着的，一旦有了孩子，这个本能就苏醒了，会给你一种更强的快乐。当然，我现在跟你们说也是白说，以后你们自己体会吧。我只有一条建议，不要做丁克族，应该要孩子，没有的时候，你不知道孩子会给你带来多大的快乐，也就不知道不要孩子是多大的损失了。

我就强调一点，就是要把生命本身的需要和物质的欲望区分开来，这是两回事。其实，中国的道家是很懂这个道理的，主张保护好生命的真实的、完整的本性，不可用物质欲望去戕害它。古希腊的哲学家也认为，生命的快乐基本上是不依赖于物质的。这可以说是哲学家们的共识。我们现在太看重物质的东西了，所以我说，你应该静下心来，听一听你生命的声音，听一听它真正需要的是什么。

善良、丰富、高贵

如果我是一个从前的哲人，来到今天的世界，我会最怀念什么？一定是这六个字：善良，丰富，高贵。

看到医院拒收付不起昂贵医疗费的穷人，听凭危急病人死去，看到商人出售假药和伪劣食品，制造急性和慢性的死亡，看到矿难频发，矿主用工人的生命换取高额利润，看到每天发生的许多凶杀案，往往为了很少的一点钱或一个很小的缘由夺走一条命，我为人心的冷漠感到震惊，于是我怀念善良。

善良，生命对生命的同情，多么普通的品质，今天仿佛成了稀有之物。中外哲人都认为，同情是人与兽的区别的开端，是人类全部道德的基础。没有同情，人就不是人，社会就不是人呆的地方。人是怎么沦为兽的？就是从同情心的麻木和死灭开始的，由此下去可以干一切坏事，成为法西斯，成为恐怖主义者。善良是区分好人与坏人的最初界限，也是最后界限。

看到今天许多人以满足物质欲望为人生唯一目标，全部生活由赚钱和花钱两件事组成，我为人们的心灵的贫乏感到震惊，于是我怀念丰富。

丰富，人的精神能力的生长、开花和结果，上天赐给万物之灵的最高享受，为什么人们弃之如敝屣呢？中外哲人都认为，丰富的心灵是幸福的真正源泉，精神的快乐远远高于肉体的快乐。上天的赐予本来是公平的，每个人天性中都蕴涵着精神需求，在生存需要基本得到满足之后，这种需求理应觉醒，它的满足理应越来越成为主要的目标。那些永远折腾在功利世界上的人，那些从来不谙思考、阅读、独处、艺术欣赏、精神创造等心灵快乐的人，他们是怎样辜负了上天的赐予啊，不管他们多么有钱，他们是度过了怎样贫穷的一生啊。

看到有些人为了获取金钱和权力毫无廉耻，可以干任何出卖自己尊严的事，然后又依仗所获取的金钱和权力毫无顾忌，肆意凌辱他人的尊严，我为这些人的灵魂的卑鄙感到震惊，于是我怀念高贵。

高贵，曾经是许多时代最看重的价值，被看得比生命还重要，现在似乎很少有人提起了。中外哲人都认为，人要有做人的尊严，要有做人的基本原则，在任何情况下都不可违背，如果违背，就意味着不把自己当人了。今天的一些人就是这样，不知尊严为何物，不把别人当人，任意欺凌和侮辱，而根源正在于他没有把自己当人，事实上你在他身上也已经看不出丝毫人的品性。高贵者的特点是极其尊重他人，他的自尊正因此得到了最充分的体现。人的灵魂应该是高贵的，人应该做精神贵族，世上最可恨也最可悲的岂不是那些有钱有势的精神贱民？

我听见一切世代的哲人在向今天的人们呼唤：人啊，你要有善良的心，丰富的心灵，高贵的灵魂，这样你才无愧于人的称号，你才是作为真正的人在世间生活。

善良，丰富，高贵——令人怀念的品质，人之为人的品质，我期待今天更多的人拥有它们。

童心

成熟了，却不世故，依然一颗童心。成功了，却不虚荣，依然一颗平常心。兼此二心者，我称之为慧心。

童心和成熟并不相互排斥。一个人在精神上足够成熟，能够正视和承受人生的苦难，同时心灵依然单纯，对世界依然怀着儿童般的兴致，这完全是可能的。我不认为麻木、僵化、世故是成熟，真正的成熟应该具有生长能力，因而毋宁说在本质上始终是包含着童心的。

儿童的可贵在于单纯，因为单纯而不以无知为耻，因为单纯而又无所忌讳，这两点正是智慧的重要特征。相反，偏见和利欲是智慧的大敌。偏见使人满足于一知半解，在自满自足中过日子，看不到自己的无知。利欲使人顾虑重重，盲从社会上流行的意见，看不到事物的真相。这正是许多大人的可悲之处。不过，一个人如果能保持住一颗童心，同时善于思考，就能避免这种可悲的结局，在成长过程中把单纯的慧心转变为一种成熟的智慧。由此可见，智慧与童心有着密切的联系，它实际上是一种达于成熟因而不会轻易失去的童心。《圣经》里说："你

们如果不回转，变成小孩子的样子，就一定不得进天国。”帕斯卡尔说：“智慧把我们带回到童年。”孟子也说：“大人先生者不失赤子之心。”说的都是这个意思。

童年是灵魂生长的源头。我甚至要说，灵魂无非就是一颗成熟了的童心，因为成熟而不会再失去。圣埃克絮佩里创作的童话中的小王子说得好：“使沙漠显得美丽的，是它在什么地方藏着一口水井。”始终携带着童年走人生之路的人是幸福的，由于心中藏着永不枯竭的爱的源泉，最荒凉的沙漠也化作了美丽的风景。

问：什么原因能使一个人显得年轻呢？譬如说，许多人都觉得你看起来很年轻。

答：我想最主要的也许是一个人的头脑不要太复杂。我在社会处世方面还是比较简单的，弄不懂的事情就不去弄它。我相信，一个人简单就会显得年轻，一世故就会显老。

在孩子眼中，世界是不变的。在世界眼中，孩子一眨眼就老了。

电视镜头：妈妈告诉小男孩怎么放刀叉，小男孩问：“可是吃的放哪里呢？”

当大人们在枝节问题上纠缠不清的时候，孩子往往一下子进入了实质问题。

在我看来，一个人若能做自己喜欢做的事，并且靠这养活自己，又能和自己喜欢的人在一起，并且使他们也感到快乐，即可称幸福。

每个人在世上都只有活一次的机会，没有任何人能够代替他重新活一次。如果这唯一的一次人生虚度了，也没有任何人能够真正安慰他。

贰

幸福是一种能力

论幸福

灵魂是感受幸福的“器官”，任何外在经历必须有灵魂参与才成其为幸福。

内心世界的丰富、敏感和活跃与否决定了一个人感受幸福的能力。在此意义上，幸福是一种能力。

苦与乐不但有量的区别，而且有质的区别。在每一个人的生活中，苦与乐的数量取决于他的遭遇，苦与乐的品质取决于他的灵魂。

欢乐与欢乐不同，痛苦与痛苦不同，其间的区别远远超过欢乐与痛苦的不同。

对于沉溺于眼前琐屑享受的人，不足与言真正的欢乐。对于沉溺于眼前琐屑烦恼的人，不足与言真正的痛苦。

痛苦和欢乐是生命力的自我享受。最可悲的是生命力的乏弱，既无欢乐，也无痛苦。

痛苦使人深刻，但是，如果生活中没有欢乐，深刻就容易走向冷酷。未经欢乐滋润的心灵太硬，它缺乏爱和宽容。

我对幸福的看法日趋朴实了。在我看来，一个人若能做自己喜欢做的事，并且靠这养活自己，又能和自己喜欢的人在一起，并且使他们也感到快乐，即可称幸福。

人世间真实的幸福原是极简单的。人们轻慢和拒绝神的礼物，偏要到别处去寻找幸福，结果生活越来越复杂，也越来越不幸。

幸福的和不幸的人呵，仔细想想，这世界上有谁是真正幸福的，又有谁是绝对不幸的？！

幸福是有限的，因为上帝的赐予本来就有限。痛苦是有限的，因为人自己承受痛苦的能力有限。

幸福属于天国，快乐才属于人间。

幸福是一个抽象概念，从来不是一个事实。相反，痛苦和不幸却常常具有事实的坚硬性。

幸福是一种一开始人人都自以为能够得到、最后没有一个人敢说已经拥有的东西。

幸福和上帝差不多，只存在于相信它的人心中。

幸福喜欢捉迷藏。我们年轻时，它躲藏在未来，引诱我们前去寻找它。曾几何时，我们发现自己已经把它错过，于是回过头来，又在记忆中寻找它。

聪明人嘲笑幸福是一个梦，傻瓜到梦中去找幸福，两者都不承认现实中有幸福。看来，一个人要获得实在的幸福，就必须既不太聪明，也不太傻。人们把这种介于聪明和傻之间的状态叫做生活的智慧。

幸福是一个心思诡谲的女神，但她的眼光并不势利。权力能支配一切，却支配不了命运。金钱能买来一切，却买不来幸福。

一切灾祸都有一个微小的起因，一切幸福都有一个平庸的结尾。

自己未曾找到伟大的幸福的人，无权要求别人拒绝平凡的幸福。自己已经找到伟大的幸福的人，无意要求别人拒绝平凡的幸福。

我爱人世的不幸胜过爱天堂的幸福。我爱我的不幸胜过爱他人的幸福。

快感离幸福有多远

人有一个身体，这个身体有大自然所赋予的欲望。欲望未得满足，身体便会处于失调状态，因欠缺而感到不适乃至痛苦。欲望得到满足，身体便重新进入协调状态，会感到惬意的平静。在二者之间，是欲望得到满足的过程，身体在这过程中所感到的就是快感。所谓快感，是针对身体而言的。食色性也，为了个体的生存和种的延续，大自然在人的身体中安置了这两种主要的欲望，其中又以性欲的满足带来最强烈的快感。

除了欲望，我们的身体还有各种感觉器官，它们的享受也可以归入快感之列。皮肤需要触摸和拥抱，否则会感到饥渴。婴儿贪恋母怀，不仅仅是为了吃奶和获得安全感，必定也感觉到了肌肤相亲的快感。年长之后，皮肤饥渴就常常和性欲混合在一起了。舌之对于美味的快感，当然始终是和食欲相关的。身处山野，我们感到身心愉快，其中包含着新鲜空气给予嗅觉的快感。目之于美景和秀色，耳之于天籁和音乐，其快乐肯定不是纯粹肉体性质的，但也可以算做感官的享受。此外，身体还有其他一些种类的快感，例如体育运动、舞蹈、摇滚时体能的释放和对节奏的享受，疲劳后沐浴、休憩、睡眠所带来的彻底放松，如此等等。

总之，快感是多种多样的，包括一切形式的身体享受。大自然为人安排了一个爱享受的身体，我们没有任何理由谴责身体的这种天性。所以，和文艺复兴时期的意大利人一样，我不赞成禁欲主义。美国舞蹈家邓肯有过许多浪漫的性爱经历，招来了飞短流长的议论，她为自己辩护道：“我觉得肉体的快乐既天真无邪，又令人欢畅。你有一个身体，它天生要受好多痛苦，既然如此，只要有机会，为什么就不可以从你这个身体上汲取最大的快乐呢？”她说出的是身体的天经地义。事实上，为了从身体上汲取最大快乐，人类已经把快感变成了一门艺术，譬如说，世界各民族历史上几乎都产生了传授性爱技巧的经典著作。何况快感虽然属于身体，其意义却不限于身体。一个人能否自然地享受身体的快乐，往往表明他是否拥有充沛的生命力，而这一点往往又隐秘地支配着他的世界观，决定了他对世界的态度是积极还是消极。正是在这个意义上，主张积极世界观的哲学家尼采一度把自己的哲学命名为“快乐的科学”。

然而，在对快感作了充分肯定之后。我不得不还要指出它的限度。人毕竟不只有一个身体，更有一个灵魂。因此，人不但要追求肉体的快乐，更要追求精神的快乐。许多哲学家都谈到，人的需要是有层次之分的，越是精神性的需要居于越高的层次。所谓高低不是从道德上讲的，我们不能以道德的名义否定肉体的快乐。但是，正如英国哲学家约翰·穆勒所说，凡是体验过两种快乐的人就会知道，精神的快乐更加强烈也更加丰富。所以，肉体的快乐只是起点，如果停留在这个起点上，沉湎于此，局限于此，实际上是蒙受了自己所不知道的巨大损失，把自己的人生限制在了一个可怜的范围内。与快感相比，幸福是一个更高的概念，而要达到幸福的境界就必须有灵魂的参与。其实，即使就快感而言，纯粹肉体性质的快感也是十分有限的，差不多也是比较雷同的，情感的投入才使得快感变得独特而丰富。一个人味觉再发达也不成其为美食家，真正的美食家都是烹调艺术和饮食文化的鉴赏家，鉴赏的快乐大大强化了满足口腹之欲时的快感。同样，最难

忘的性爱经验一定是发生在两人都充满激情的场合。

在今天，快感已成为最热门的消费品之一，以制造身体各个部位的快感为营业内容的各色服务行业欣欣向荣。我无意评判这一现象，只想提醒那些热心顾客向自己问两个问题。第一个问题：如果你只能到市场上去购买快感，再没有别的途径，你的身体的快感机制是否出了毛病？第二个问题：单凭这些买来的快感，你真的觉得自己幸福吗？

幸福和苦难都属于灵魂

幸福似乎主要是一种内心快乐的状态。不过，它不是一般的快乐，而是非常强烈和深刻的快乐，以至于我们此时此刻会由衷地觉得活着是多么有意思，人生是多么美好。正是这样，幸福的体验最直接地包含着我们对生命意义的肯定评价。感到幸福，也就是感到自己的生命意义得到了实现。不管拥有这种体验的时间多么短暂，这种体验却总是指向整个一生的，所包含的是对生命意义的总体评价。当人感受到幸福时，心中仿佛响着一个声音："为了这个时刻，我这一生值了！"若没有这种感觉，说"幸福"就是滥用了大字眼。人身上必有一种整体的东西，是它在寻求、面对、体悟、评价整体的生命意义，我们只能把这种东西叫做灵魂。所以，幸福不是零碎和表面的情绪，而是灵魂的愉悦。

"幸福"这个概念的确切含义："活得有意义"的鲜明感觉。它必须通过反思，所以会有"身在福中不知福"之说。幸福只是灵魂的事，肉体只会有快感，不会有幸福感。

既然一切美好的经历必须转化为内心的体验才成其为幸福，那么，内心体验的敏感和丰富与否就的确是重要的，它决定了一个人感受幸福的能力。对于内心世界不同的人来说，相同的经历具有完全不同的意义——事实上他们也并不拥有相同的经历。

苦难与幸福是相反的东西，但它们有一个共同之处，就是都直接和灵魂有关，并且都牵涉到对生命意义的评价。在通常情况下，我们的灵魂是沉睡着的，一旦我们感到幸福或遭到苦难时，它便醒来了。如果说幸福是灵魂的巨大愉悦，这愉悦源自对生命的美好意义的强烈感受，那么，苦难之为苦难，正在于它撼动了生命的根基，打击了人对生命意义的信心，因而使灵魂陷入了巨大痛苦。生命意义仅是灵魂的对象，对它无论是肯定还是怀疑、否定，只要是真切的，就必定是灵魂在出场。外部的事件再悲惨，如果它没有震撼灵魂，也只成为一个精神事件，就称不上是苦难。一种东西能够把灵魂震醒，使之处于虽然痛苦却富有生机的紧张状态，应当说必具有某种精神价值。

快感和痛感是肉体感觉，快乐和痛苦是心理现象，而幸福和苦难则仅仅属于灵魂。幸福是灵魂的叹息和歌唱，苦难是灵魂的呻吟和抗议，在两者中凸现的是对生命意义的或正或负的强烈体验。

幸福是生命意义得到实现的鲜明感觉。一个人在苦难中也可以感觉到生命意义的实现乃至最高的实现，因此苦难与幸福未必是互相排斥的。但是，在更多的情况下，人们在苦难中感觉到的却是生命意义的受挫。我相信，即使是这样，只要没有被苦难彻底击败，苦难仍会深化一个人对于生命意义的认识。

领悟悲剧也须有深刻的心灵，人生的艰难关头最能检验一个人的灵魂深浅。有的人一生连遭不幸，却未尝体验过真正的悲剧情感。相反，表面上一帆风顺的人也可能经历巨大的内心悲剧。

比成功更重要的

一

在我看来，所谓成功是指把自己真正喜欢的事情做好，其前提是首先要有自己真正的爱好，即自己的真性情，舍此便只是名利场上的生意经。

二

成功不是衡量人生价值的最高标准，比成功更重要的是，一个人要拥有内在的丰富，有自己的真性情和真兴趣，有自己真正喜欢做的事。只要你有自己真正喜欢做的事，你就在任何情况下都会感到充实和踏实。那些仅仅追求外在成功的人实际上是没有自己真正喜欢做的事的，他们真正喜欢的只是名利，一旦在名利场上受挫，内在的空虚就暴露无遗。照我的理解，把自己真正喜欢做的事做好，尽量做得完美，让自己满意，这才是成功的真谛，如此感到的喜悦才是不掺杂功利考虑的纯粹的成功之喜悦。

三

最基本的划分不是成功与失败，而是以伟大的成功和伟大的失败为一方，以渺小的成功和渺小的失败为另一方。

在上帝眼里，伟大的失败也是成功，渺小的成功也是失败。

四

有一些渺小的人获得了虚假的成功，他们的成功很快就被历史遗忘了。有一些伟大的人获得了真实的成功，他们的成功被历史永远记住了。但是，我知道，还有许多优秀的人，他们完全淡然于成功，最后也确实与成功无缘。对于这些人，历史既没有记住他们，也没有遗忘他们，他们是超越于历史之外的。

五

对于我来说，人生即事业，除了人生，我别无事业。我的事业就是要穷尽人生的一切可能性。这是一个肯定无望但极有诱惑力的事业。

六

我的野心是要证明一个没有野心的人也能得到所谓成功。

不过，我必须立即承认，这只是我即兴想到的一句俏皮话，其实我连这样的野心也没有。

七

我的“成功”（被社会承认，所谓名声）给我带来的最大便利是可以相对超脱于我所隶属的小环境及其凡人琐事，无须再为许多合理的然而琐屑的权利去进行渺小的斗争。那些东西，人们因为你的“成功”而愿意或不愿意地给你了，不给也无所谓了。

八

有一种人追求成功，只是为了能居高临下地蔑视成功。

九

成功是一个社会概念，一个直接面对上帝和自己的人是不会太看重它的。

做人比事业和爱情更重要

人活世上，第一重要的还是做人，懂得自爱自尊，使自己有一个坦荡又充实的灵魂，足以承受得住命运的打击，也配得上命运的赐予。倘能这样，也就算得上做命运的主人了。

人生在世最重要的事情不是幸福或不幸，而是不论幸福还是不幸都保持做人的正直和尊严。做人比事业和爱情都更重要，不管你在名利场和情场上多么春风得意，如果做人失败了，你的人生就在总体上失败了。最重要的不是在世人心目中占据什么位置，和谁一起过日子，而是你自己究竟是一个什么样的人。

做人要讲道德，做事要讲效率。讲道德是为了对得起自己的良心，讲效率是为了对得起自己的生命。

做事有两种境界。一是功利的境界，事情及相关的利益是唯一的目的，于是做事时必定会充满焦虑和算计。另一是道德的境界，无论做什么事，都把精神上的收获看得更重要，做事只是灵魂修炼和完善的手段，真正的目的是做人。正因为如此，做事时反而有了一种从容的心态和博大的气象。

做事即做人。人生在世，无论做什么事，都要注重做事的精神意义，通过做事来提升自己的精神世界，始终走在自己的精神旅程上，只要这样，无论做什么事都是有意义的，而所做之事的成败则变得不是很重要了。

我们活在世上，不免要承担各种责任，小至对家庭、亲戚、朋友，对自己的职务，大至对国家和社会。除此之外，我们还有一项根本的责任，便是对自己的人生负责。

每个人在世上都只有活一次的机会，没有任何人能够代替他重新活一次。如果这唯一的一次人生虚度了，也没有任何人能够真正安慰他。在某种意义上，人世间各种其他的责任都是可以分担或转让的，唯有对自己的人生的责任，每个人都只能完全由自己来承担，一丝一毫依靠不了别人。

对自己人生的责任心是其余一切责任心的根源。一个人唯有对自己的人生负责，建立了真正属于自己的人生目标和生活信念，他才可能由之出发，自觉地选择和承担起对他人和社会的责任。我不能想象，一个在人生中随波逐流的人会坚定地负起生活中的责任。实际情况往往是，这样的人把尽责不是看作从外面加给他的负担而勉强承受，便是看作纯粹的付出而索求回报。

我相信，如果一个人能对自己的人生负责，那么，在包括婚姻和家庭在内的一切社会关系上，他对自己的行为都会有一种负责的态度。如果一个社会是由这样对自己的人生负责的成员组成的，这个社会就必定是高质量的有效率的社会。

一个不知对自己的人生负有什么责任的人，他甚至无法弄清他在世界上的责

任是什么。许多人对责任的关系是完全被动的，他们之所以把一些做法视为自己的责任，不是出于自觉的选择，而是由于习惯、时尚、舆论等原因。譬如说，有的人把偶然却又长期从事的某一职业当作了自己的责任，从不尝试去拥有真正适合自己本性的事业。有的人看见别人发财和挥霍，便觉得自己也有责任拼命挣钱花钱。有的人十分看重别人尤其上司对自己的评价，谨小慎微地为这种评价而活着。他们不曾认真地想过自己的人生使命究竟是什么，在责任问题上也就必然是盲目的了。

快乐工作的能力

现在有一个普遍现象，许多年轻人工作得不快乐，他们生活中也会有快乐，但快乐和工作是分开的。那么工作和快乐是什么关系呢？工作本身不快乐，工作对于快乐的贡献是，通过工作可以挣到钱，然后用这个钱在工作之外、在业余时间去买快乐，去消费和娱乐，基本上是这样一个关系。我觉得这是不正常的，是违背人性的。从人性来说，人是精神性的存在，精神能力的发展和实现应该是快乐的最重要源泉，做自己真正喜欢做的事，在这个过程中感觉到自己的能力在生长，自己的生命价值得到了实现，这是人生的莫大快乐。人不只是在娱乐的时候快乐，工作的快乐远胜于娱乐的快乐，人之为人的快乐很大一部分是在工作中感受到的。艺术家就是这样，创作本身是最大的快乐。各行各业的优秀者也是这样，主要的快乐是在工作中获得的。在工作中获得快乐，这不是少数人的特权，人人都有老天赋予的精神能力，都应该享受这种快乐。当然，只有真正喜欢这个工作，工作才会成为快乐，仅仅为谋生而做的工作是不快乐的。比如说我的工作是写作，但是如果我只把写作当作一个谋生手段，从写作本身中感受不到快乐，那我和别的打工仔就没有什么两样。每一个人在世界上都应该有这样一件事情，你真正喜欢它，做这件事情本身就是享受，这是幸福感的一个重要来源。

有的青年人说，他是为生计所迫做现在这份工作的，所以不快乐。我说这不可悲，可悲的是什么？世界上根本就没有一份能够让你快乐的工作，不是说你找不到，而是你根本就没有自己真正喜欢做的事，你没有了快乐工作的能力，这才是最可悲的。你说你不喜欢现在这个职业，那好，我就假定你可以自由地选择，你选什么职业，你觉得做什么工作你是快乐的？恐怕很多人会想不出来，不知道自己喜欢什么。最后，选的往往是薪金高一点儿的工作，仍然是为了谋生谋得好一点而已。前几年有一个机构做过调查，调查青年人的就业意向，有很多指标，绝大多数人放在首位的就是薪金，薪金高的职业最受追捧。现在公务员成了热门，因为大形势是国进民退，民营企业凋敝，公务员又成了铁饭碗，从个人来说，考虑的还是谋生。只有待遇、薪金、利益的外在标准，没有兴趣、能力、理想的内在标准，这一点没有变。

为什么许多人没有了自己真正的兴趣，没有了快乐工作的能力？我认为问题就出在价值观。不求优秀，只求成功，而成功又只是用外在标准衡量，结果一定是不快乐，不成功当然非常不快乐，成功了也只是薪金、利益带来的肤浅的快乐，工作本身仍然是不快乐的。

要具备快乐工作的能力，学生时代非常重要，要为这个能力打好基础。你在学校里有快乐学习的能力，出了学校才可能有快乐工作的能力，那实质上是同一种能力，是从学生时代延续下来的。学习的快乐，工作的快乐，都是智力活动的快乐，都是在发展和享受自己的能力。你在学校里基础打得好，智力发展得好，找到了自己的兴趣方向，并且坚持下去，到了社会上就不会被职场淹没。即使你的职业暂时和你的兴趣方向不一致，没关系，只要你足够优秀，迟早会有机会的。

现在的应试教育体制把学习变成了一件很不快乐的事情，功利化的教育目标又只求应试和谋生的成功，不求素质的真正优秀，正因为如此，大量的年轻人走上社会以后没有快乐工作的能力，没有自己的目标，在职场上痛苦挣扎，茫然无助。教育给学生的自由空间的确非常小，但是，要记住你不是一个被动的个体，在任何情况下，人都是可以发挥自己的主动性的。我经常鼓励学生的一句话是：向教育争自由，做学习的主人。既然这个体制不为你负责，你就要自己为自己负责，为你的一辈子负责，你不要被它牵着走，你要自己筹划你的学习，而这就意味着筹划你的未来。走上社会以后，环境更复杂，可能支配你、干扰你的因素更多，你更不能被它们牵着走，更要掌握自己的主动权，而这个主动权是从学校开始培养和掌握的。

我再三强调，一个人在世界上生活，一定要有自己真正喜欢做的事，一定要有自己的真兴趣和真本事，这是人生幸福的重要源泉。一个什么兴趣也没有的人是最可怜的，这个世界上没有他的位置，他只能任人摆布，任命运摆布。相反，你有自己真正喜欢做的事，不管是作为专业还是业余爱好，你钻研进去，乐在其中，把它做到你所能做的最好的程度，你的心情是快乐的，你的生活是充实的，你在这个世界上就有了一个家园，这个家园是外界的一般风雨摧毁不了的。当然，风雨太大，十二级台风，大灾难，大动乱，那就不好说了，谁也跑不了。

现在的年轻人面临很大的生存压力，走上社会以后，往往在相当长的时间里很无奈，不得不为谋生而工作，去做自己不感兴趣的事。这也许是没有办法的，你只能忍受。我想强调的是，在这个过程中，你一定要保持清醒，你的路还长，你不能一辈子这样。只要你是有自己的真兴趣的，你就要坚持，哪怕是在业余时间里慢慢地做。一个是兴趣，一个是毅力，这两个东西不要丢。我相信，只要这样，你就会在你感兴趣的那个领域里越来越优秀，机会也就会越来越向你靠近。总有一天，你能够把你的爱好变成你的职业，把事业和职业统一起来。如果始终不能

呢？那也没什么，无论如何，比起那些不喜欢自己的职业、在职业之外又没有自己的爱好的人来，你的快乐多得多，你的生活也有意义得多。为你自己考虑，比起只是埋怨工作不称心，同时又完全放弃和荒废了自己的爱好，岂不也是好得多吗？

杂感

你究竟想要什么

我们活在世上，必须知道自己究竟想要什么。一个人认清了他在这世界上要做的事情，并且在认真地做着这些事情，他就会获得一种内在的平静和充实。

在商场里，有的人总是朝人多的地方挤，去抢购大家都在买的东西，结果买了许多自己不需要的东西，还为没有买到另外许多自己不需要的东西而痛苦。那些不知道自己究竟想要什么的人，就生活在同样可悲的境况中。

懒惰和怯懦

世界上特立独行的人为什么这么少？原因有二。一是懒惰，因为一个人要对自己负责，真正实现自己，成为一个独特的自己，是必须付出巨大的努力的，许多人怕吃苦、怕麻烦，就宁愿放松自己，做一个平庸的人。二是怯懦，因为在一个大家都平庸的环境里，少数人若仍要追求优秀和独特，就会遭到讥笑、嫉妒甚至迫害，于是为了自保而退缩，违心地随大流。

由此可见，是多数人的懒惰导致了少数人的怯懦。相反，如果人人都对自己负责，以优秀为荣，因而也就能够欣赏别人的优秀，这样的环境是最适合于特立独行的人生长的。

用自己的眼睛看

每个人都睁着眼睛，但不等于每个人都在看世界。许多人几乎不用自己的眼睛看，他们只听别人说，他们看到的世界永远是别人说的样子。人们在人云亦云中视而不见，世界就成了一个雷同的模式。一个人真正用自己的眼睛看，就会看见那些不能用模式概括的东西，看见一个与众不同的世界。

对忙的警惕

在今天的世界上，大家都很忙，我似乎也不例外。但是，对于忙，我始终有一种警惕。我确立了两个界限，第一要忙得愉快，只为自己真正喜欢的事忙，第二要忙得有分寸，做多么喜欢的事也不让自己忙昏了头。其实，正是做自己喜欢的事，更应该从容，心灵是清明而活泼的，才会把事情做好，也才能享受做事的快乐。

人生道路的内和外

人生的道路分内外两个方面。外在方面是一个人的外部经历，它是有形的，可以简化为一张履历表，标示出了曾经的职业、地位、荣誉等等。内在方面是一个人的心路历程，它是无形的，生命的感悟，情感的体验，理想的追求，这些都是履历表反映不了的。

我的看法是，尽管如此，内在方面比外在方面重要得多，它是一个人的人生道路的本质部分。我还认为，外在方面往往由命运、时代、环境、机遇决定，自己没有多少选择的主动权，在尽力而为之后，不妨顺其自然，而把主要努力投注于自己可以支配的内在方面。

衡量职业好坏的标准

职业的好坏是因人而异的。所谓好，就是适合于自己。那么，怎么确定一个职业是否适合于自己呢？我认为应该符合三个条件：一，有强烈的兴趣，甚至到了不给钱也一定要干的程度；二，有明晰的意义感，确信自己的生命价值借此得到了实现；三，能够靠它养活自己。

不做网虫

对今天青年人的一句忠告：多读书，少上网。你可以是一个网民，但你首先应该是一个读者。如果你不读书，只上网，你就真成一条网虫了。称网虫是名副其实的，整天挂在网上，看八卦，聊天，玩游戏，精神营养极度不良，长成了一条虫。

网虫是什么好名头啊。做书虫当然也不好。不过，书籍是人类精神财富的主要宝库，你只要善于利用这个宝库，吸取营养，就一定会发育良好，成为精神上强健的人。

我承认互联网是一个好工具，然而，要把它当工具使用，前提是你精神上足够强健。否则，结果只能是它把你当工具使用，诱使你消费，它赚了钱，你却被毁了。

从太想要的东西中跳出来

一样东西，如果你太想要，就会把它看得很大，甚至大到成了整个世界，占据了你的全部心思。一个人一心争利益，或者一心创事业的时候，都会出现这种情况。我的劝告是，最后无论你是否如愿以偿，都要及时从中跳出来，如实地看清它在整个世界中的真实位置，亦即它在无限时空中的微不足道。这样，你得到了不会忘乎所以，没有得到也不会痛不欲生。

判断一个人有无灵魂的好机会

雨天，你打着伞，在一条狭窄的街道上行走。路上有积水，你尽量靠边，小心翼翼，怕汽车驶过时水溅在你身上。你看不清驾车人的面孔，但这时你能格外分明地看清他的灵魂，或者说，看清他有没有灵魂。有灵魂的驾车人一定会减速，生怕溅起水来。相反，一辆车呼啸而过，溅你一身水，你可以有把握地断定，里面坐着一个没有灵魂的人。

有做人尊严的人，一定也尊重他人。同样，不把别人当人的人，暴露了首先不把自己当人。

沉默是一种美

话语是一种权力——这个时髦的命题使得那些爱说话的人欣喜若狂，他们越发爱说话了，在说话时还摆出了一副大权在握的架势。

我的趣味正相反。我的一贯信念是：沉默比话语更接近本质，美比权力更有价值。在这样的对比中，你们应该察觉我提出了一个相反的命题：沉默是一种美。

真正的好东西

只有你自己做了父母，品尝到了养育小生命的天伦之乐，你才会知道不做一回父母是多么大的损失。只有你走进了书籍的宝库，品尝到了与书中优秀灵魂交谈的快乐，你才会知道不读好书是多么大的损失。世上一切真正的好东西都是如此，你必须亲自去品尝，才会知道它们在人生中具有不可替代的价值。

看见那些永远在名利场上操心操劳的人，我常常心生怜悯，我对自己说：他们因为不知道世上还有好得多的东西，所以才会把金钱、权力、名声这些次要的东西看得至高无上。

人生需要妥协

我们不妨去追求最好——最好的生活，最好的职业，最好的婚姻，最好的友谊，等等。但是，能否得到最好，取决于许多因素，不是光靠努力就能成功的。因此，如果我们尽了力，结果得到的不是最好，而是次好，次次好，我们也应该坦然地接受。人生原本就是有缺憾的，在人生中需要妥协。不肯妥协，和自己过不去，其实是一种痴愚，是对人生的无知。

青春不能错过的十件事

如果一个年轻女性来问我，青春不能错过什么，要我举出十件必须做的事，我大约会这样列举：

一、至少恋爱一次，最多两次。一次也没有，未免辜负了青春。但真恋爱不容易，超过两次，就有赝品之嫌。

二、交若干好朋友，可以是闺中密友，也可以是异性知音。

三、学会烹调，能烧几样好菜。重要的不是手艺本身，而是从中体会日常生活的情趣。

四、每年小旅行一次，隔几年大旅行一次，增长见识，拓宽胸怀。

五、锻炼身体，最好有一种自己喜欢并能够持之以恒的体育项目。

六、争取受良好的教育，精通一门专业知识或技能，掌握足以维持生存的看家本领。尽量按照自己的兴趣选择职业。如果做不到，就以敬业精神对待本职工作，同时在业余发展自己的兴趣。

七、养成高品位的读书爱好，读一批好书，找到属于自己的书中知己。

八、喜欢至少一种艺术，音乐、舞蹈、绘画都行，可以自己创作和参与，也可以只是欣赏。

九、养成写日记的习惯。它可以帮助你学会享受孤独，在孤独中与自己谈心。

十、经历一次较大的挫折而不被打败。只要不被打败，你就会变得比过去强大许多倍。不经历这么一回，你不会知道自己其实多么有力量。

开完这个单子，我再来说一说我的指导思想。

我的指导思想很简单，第一条是快乐。青春是人生中生命力最旺盛的时期，快乐是天经地义的。我最讨厌那种说教，什么“少壮不努力，老大徒伤悲”，什么“吃得苦中苦，方为人上人”，仿佛青春的全部价值就在于为将来的成功而苦苦奋斗。在所有的人生模式中，为了未来而牺牲现在是最坏的一种，它把幸福永远向后推延，实际上是取消了幸福。

人只有一个青春，要享受青春，也只能是在青春时期。有一些享受，过了青春期诚然还可以有，但滋味是不一样的。譬如说，人到中年仍然可以恋爱，但终归减少了新鲜感和激情。同样是旅行，以青春的好奇、敏感和精力充沛，也能取得中老年不易有的收获。

依我看，“少壮不享乐，老大徒懊丧”至少也是成立的。倘若一个人在年轻时只知吃苦，拒绝享受，到年老力衰时即使成了人上人，却丧失了享受的能力，那又有什么意义呢？尤其是女性，我衷心地希望她们有一个快乐的青春，否则这个世界也不会快乐。

但是快乐不应该是单一的、短暂的、完全依赖外部条件的，而应该是丰富的、持久的、能够靠自己创造的，否则结果仍是不快乐。所以，我的第二条指导思想是可持续的快乐。这是套用“可持续的发展”一语，用在这里正合适。

青春终究会消逝，不能只是及时行乐，毫不为今后考虑，例如要有真本事，要有健康的身体，等等。另一方面，更重要的是，要使快乐本身具有生长的能力，能够生成新的、更多的快乐。我所列举的多数事情都属于此类，

它们实际上是一些精神性质的快乐。

青春是心智最活泼的时期，也是心智趋于定型的时期。在这个时期，一个人倘若能够通过读书、思考、艺术、写作等等充分领略心灵的快乐，形成一个丰富的内心世界，他就拥有了一个永不枯竭的快乐源泉。这个源泉将泽被他的整个人生，即使在艰难困苦之中，仍拥有人类最高级的快乐。在我看来，这是一个人可能在青春期获得的最重大成就了。

不管世界多么热闹，热闹永远只占据世界的一小部分，热闹之外的世界无边无际，那里有着我的位置，一个安静的位置。

在我们的心灵深处，爱和孤独其实是同一种感情，它们如影随形，不可分离。愈是在我们感觉孤独之时，我们便愈是怀有强烈的爱之渴望。

叁

孤独是爱最意味深长的赠品

论孤独

你与你的亲人、友人、熟人、同时代人一起穿过岁月，你看见他们在你的周围成长和衰老。可是，你自己依然是在孤独中成长和衰老的，你的每一个生命年代仅仅属于你，你必须独自承担岁月在你的心灵上和身体上的刻痕。

和别人混在一起时，我向往孤独。孤独时，我又向往看到我的同类。但解除孤独毕竟只能靠相爱相知的人，其余的人扰乱了孤独，反而使人更感孤独，犹如一种官能，因为受到刺激而更加意识到自己的存在。孤独和喧嚣都难以忍受。如果一定要忍受，我宁可选择孤独。

学会孤独，学会与自己交谈，听自己说话，——就这样去学会深刻。

当然前提是：如果孤独是可以学会的话。

心灵的孤独与性格的孤僻是两回事。

孤僻属于弱者，孤独属于强者。两者都不合群，但前者是因为惧怕受到伤害，后者是因为精神上的超群卓绝。

孤独是因为内容独特而不能交流，孤僻却并无独特的内容，只是因为性格的疾病而使交流发生障碍。

一个特立独行的人而又不陷于孤独，这怎么可能呢？然而，尽管注定孤独，仍然会感觉到孤独的可怕和难以忍受。上帝给了他一颗与众不同的灵魂，却又赋予他与普通人一样的对于人间温暖的需要，这正是悲剧性之所在。

越是丰盈的灵魂，往往越能敏锐地意识到残缺，有越强烈的孤独感。在内在丰盈的衬照下，方见出人生的缺憾。反之，不谙孤独也许正意味着内在的贫乏。

孤独与创造，孰为因果？也许是互为因果。一个疏于交往的人会更多地关注自己的内心世界，一个人专注于创造也会导致人际关系的疏远。

那些不幸的天才，例如尼采和凡·高，他们最大的不幸并不在于无人理解，因为精神上的孤独是可以用创造来安慰的，而恰恰在于得不到普通的人间温暖，活着时就成了被人群遗弃的孤魂。

孤独者必不合时宜。然而，一切都可以成为时髦，包括孤独。

凡人群聚集之处，必有孤独。我怀着我的孤独，离开人群，来到郊外。我的孤独带着如此浓烈的爱意，爱着田野里的花朵、小草、树木和河流。

原来，孤独也是一种爱。

由于怀着爱的希望，孤独才是可以忍受的，甚至是甜蜜的。当我独自在田野里徘徊时，那些花朵、小草、树木、河流之所以能给我以慰藉，正是因为我隐约预感到，我可能会和另一颗同样爱它们的灵魂相遇。

孤独是人的宿命，它基于这样一个事实：我们每个人都是这世界上一个旋生旋灭的偶然存在，从无中来，又要回到无中去，没有任何人任何事情能够改变我们的这个命运。

是的，甚至连爱也不能。凡是领悟人生这样一种根本性孤独的人，便已经站到了一切人间欢爱的上方，爱得最热烈时也不会做爱的奴隶。

爱可以抚慰孤独，却不能也不该消除孤独。如果爱妄图消除孤独，就会失去分寸，走向反面。

分寸感是成熟的爱的标志，它懂得遵守人与人之间必要的距离，这个距离意味着对于对方作为独立人格的尊重，包括尊重对方独处的权利。

人在世上是需要有一个伴的。有人在生活上疼你，终归比没有好。至于精神上的幸福，这只能靠你自己，——永远如此。只要你心中的那个美好的天地完好无损，那块新大陆常新，就没有人能夺走你的幸福。

在我的生活中不能没有这样一个伴侣，我和她互相视为命根子，真正感到谁也缺不了谁。我自问是一个很有自我的人，能够欣赏孤独、寂寞、独处的妙趣，但我就是不能没有这样一个伴侣，如果没有，孤独、寂寞、独处就会失去妙趣，我会感到自己孤零零地生活在无边的荒漠中。

我把我的孤独丢失在路上了。许多热心人围着我，要帮我寻找。我等着他们走开。如果他们不走开，我怎么能找回我的孤独呢？如果找不回我的孤独，我又怎么来见你呢？

孤独源于爱，无爱的人不会孤独。

也许孤独是爱的最意味深长的赠品，受此赠礼的人从此学会了爱自己，也学会了理解别的孤独的灵魂和深藏于它们之中的深邃的爱，从而为自己建立了一个珍贵的精神世界。

在黑暗中并肩行走

人们常常说，人与人之间，尤其相爱的人之间，应该相互了解和理解，最好做到彼此透明，心心相印。史怀泽却在《我的青少年时代》(中译文见陈泽环译《敬畏生命》一书)中说，这是不可能的，即使可能，任何人也无权提出这种要求。“不仅存在着肉体上的羞耻，而且还存在着精神上的羞耻，我们应该尊重它。心灵也有其外衣，我们不应脱掉它。”如同对于上帝的神秘一样，对于他人灵魂的神秘，我们同样不能像看一本属于自己的书那样去阅读和认识，而只能给予爱和信任。每个人对于别人来说都是一个秘密，我们应该顺应这个事实。相爱的人们也只是“在黑暗中并肩行走”。所能做到的仅是各自努力追求心中的光明，并互相感受到这种努力，互相鼓励，而“不需要注视别人的脸和探视别人的心灵”。

读着这些精彩无比的议论，我无言而折服，它们使我瞥见了史怀泽的“敬畏生命”伦理学的深度。凡是有着深刻而丰富的内心生活的人，必然会深知一切精神事物的神秘性并对之充满敬畏之情，史怀泽就是这样的一个人。在他看来，一切生命现象都是世界某种神秘的精神本质的显现，由此他提出了敬畏一切生命的主张。在一切生命现象中，尤以人的心灵生活最接近世界的这种精神本质。因而，他认为对于敬畏世界之神秘本质的人来说，“敬畏他人的精神世界乃是不言而喻的事”。

以相互理解为人际关系为鹄的，其根源就在于不懂得人的心灵生活的神秘性。按照这一思路，人们一方面非常看重别人是否理解自己，甚至公开索取理解。至少在性爱中，索取理解似乎成了一种正当的行为，而指责对方不理解自己则成了最严厉的谴责，有时候还被用作破裂前的最后通牒。另一方面，人们又非常踊跃地要求理解别人，甚至以名义强迫别人坦露内心的一切，一旦遭到拒绝，便斥之以缺乏信任。在爱情中，在亲情中，在其他较亲密的交往中，这种因强求理解和被理解而造成的悲剧还少吗？可是，仔细想想，我们对自己又真正了解多少呢？一个人懂得了自己了解自己之困难，他就不会强求别人完全理解自己，也不会奢望自己完全理解别人了。

在最内在的精神生活中，我们每个人都是孤独的，爱并不能消除这种孤独，但正因为由己及人地领悟到了别人的这种孤独，我们的内心才会对别人充满着诚挚的爱。我们在黑暗中并肩行走，走在各自朝圣的路上，无法知道是否在走向同一个圣地，因为我们无法向别人甚至向自己说清心中圣地究竟是怎样的。然而，同样的朝圣热情使我们相信，也许存在着同一个圣地。作为灵魂的存在物，人的伟大和悲壮尽在于此了。

最奇妙的是灵与肉的结合

人有一个肉体似乎是一件尴尬事。那个丧子的母亲终于停止哭泣，端起饭碗，因为她饿了。那个含情脉脉的姑娘不得不离开情人一小会儿，她需要上厕所。那个哲学家刚才还在谈论面对苦难的神明般的宁静，现在却因为牙痛而呻吟不止。当我们的灵魂在天堂享受幸福或在地狱体味悲剧时，肉体往往不合时宜地把它拉回到尘世。

我们一生中不得不花费许多精力来伺候肉体：喂它，洗它，替它穿衣，给它铺床。博尔赫斯屈辱地写道："我是它的老护士，它逼我为它洗脚。"还有更屈辱的事：肉体会背叛灵魂。一个心灵美好的女人可能其貌不扬，一个灵魂高贵的男人可能终身残疾。荷马是瞎子，贝多芬是聋子，拜伦是跛子。而对一切人相同的是，不管我们如何精心调理，肉体仍不可避免地要走向衰老和死亡，拖着不屈的灵魂同归于尽。

那么，不要肉体如何呢？不，那更可怕，我们将不再能看风景，听音乐，呼吸新鲜空气，读书，散步，运动，宴饮，尤其是——世上不再有男人和女人，不再有爱情这件无比美妙的事儿。原来，灵魂的种种愉悦根本就离不开肉体，没有肉体的灵魂不过是幽灵，不复有任何生命的激情和欢乐，比死好不了多少。

所以，我要说：肉体是奇妙的，灵魂更奇妙，最奇妙的是肉体居然能和灵魂结合在一起。

我爱美丽的肉体。然而，使肉体美丽的是灵魂。如果没有灵魂，肉体只是一块物质，它也许匀称，丰满，白皙，但不可能美丽。

我爱自由的灵魂。然而，灵魂要享受它的自由，必须依靠肉体。如果没有肉体，灵魂只是一个幽灵，它不再能读书，听音乐，看风景，不再能与另一颗灵魂相爱，不再有生命的激情和欢乐，自由对它便毫无意义。

所以，我更爱灵与肉的奇妙结合。

有时候我想，人的肉体是相似的，由同样的物质组成，服从着同样的生物学法则，唯有灵魂的不同才造成了人与人之间的巨大差异。有时候我又想，灵魂是神在肉体中的栖居，不管人的肉体在肤色和外貌上怎样千差万别，那栖居于其中的必定是同一个神。

独处是一种能力

人们往往把交往看作一种能力，却忽略了独处也是一种能力，并且在一定意义上是比交往更为重要的一种能力。反过来说，不擅交际固然是一种遗憾，不耐孤独也未尝不是一种很严重的缺陷。

独处也是一种能力，并非任何人任何时候都可具备的。具备这种能力并不意味着不再感到寂寞，而在于安于寂寞并使之具有生产力。人在寂寞中有三种状态。一是惶惶不安，茫无头绪，百事无心，一心逃出寂寞。二是渐渐习惯于寂寞，安下心来，建立起生活的条理，用读书、写作或别的事务来驱逐寂寞。三是寂寞本身成为一片诗意的土壤，一种创造的契机，诱发出关于存在、生命、自我的深邃思考和体验。

独处是人生中的美好时刻和美好体验，虽则有些寂寞，寂寞中却又有一种充实。独处是灵魂生长的必要空间，在独处时，我们从别人和事务中抽身出来，回到了自己。这时候，我们独自面对自己和上帝，开始了与自己的心灵以及与宇宙中的神秘力量的对话。一切严格意义上的灵魂生活都是在独处时展开的。和别人一起谈古说今，引经据典，那是闲聊和讨论；唯有自己沉浸于古往今来大师们的杰作之时，才会有真正的心灵感悟。和别人一起游山玩水，那只是旅游；唯有自己独自面对苍茫的群山和大海之时，才会真正感受到与大自然的沟通。

从心理学的观点看，人之需要独处，是为了进行内在的整合。所谓整合，就是把新的经验放到内在记忆中的某个恰当位置上。唯有经过这一整合的过程，外来的印象才能被自我所消化，自我也才能成为一个既独立又生长着的系统。所以，有无独处的能力，关系到一个人能否真正形成一个相对自足的内心世界，而这又会进而影响到他与外部世界的关系。

怎么判断一个人究竟有没有他的“自我”呢？有一个可靠的检验方法，就是看他能不能独处。当你自己一个人呆着时，你是感到百无聊赖，难以忍受呢，还是感到一种宁静、充实和满足？

对于独处的爱好与一个人的性格完全无关，爱好独处的人同样可能是一个性格活泼、喜欢朋友的人，只是无论他怎么乐于与别人交往，独处始终是他生活中的必需。在他看来，一种缺乏交往的生活当然是一种缺陷，一种缺乏独处的生活则简直是一种灾难了。

世上没有一个人能够忍受绝对的孤独。但是，绝对不能忍受孤独的人却是一个灵魂空虚的人。世上正有这样的一些人，他们最怕的就是独处，让他们和自己待一会儿，对于他们简直是一种酷刑。只要闲了下来，他们就必须找个地方去消遣。他们的日子表面上过得十分热闹，实际上他们的内心极其空虚。他们所做的一切都是为了想方设法避免面对面看见自己。对此我只能有一个解释，就是连他们自己也感觉到了自己的贫乏，和这样贫乏的自己待在一起是顶没有意思的，再无聊的消遣也比这有趣得多。这样做的结果是他们变得越来越贫乏，越来越没有了自己，形成了一个恶性循环。

心静是一种境界

一

人生最好的境界是丰富的安静。安静，是因为摆脱了外界虚名浮利的诱惑。丰富，是因为拥有了内在精神世界的宝藏。

二

老子主张“守静笃”，任世间万物在那里一齐运动，我只是静观其往复，如此便能成为万物运动的主人。这叫“静为躁君”。

当然，人是不能只静不动的，即使能也不可取，如一潭死水。你的身体尽可以在世界上奔波，你的心情尽可以在红尘中起伏，关键在于你的精神中一定要有一个宁静的核心。有了这个核心，你就能够成为你的奔波的身体和起伏的心情的主人了。

三

太热闹的生活始终有一个危险，就是被热闹所占有，渐渐误以为热闹就是生活，热闹之外别无生活，最后真的只剩下了热闹，没有了生活。

四

我们活在世上，必须知道自己究竟想要什么。一个人认清了他在这世界上要做的事情，并且在认真地做着这些事情，他就会获得一种内在的平静和充实。

五

我们捧着一本书，如果心不静，再好的书也读不进去，更不用说领会其中妙处了。读生活这本书也是如此。其实，只有安静下来，人的心灵和感官才是真正开放的，从而变得敏锐，与对象处在一种最佳关系之中。但是，心静又是强求不来的，它是一种境界，是世界观导致的结果。一个不知道自己到底要什么的人，必定总是处在心猿意马的状态。

六

生命有限，我害怕把精力投错了地方，致使不再来得及做成自己真正想做的事情。我本来就不是一个爱热闹的人，今后会更加远离一切热闹，包括媒体的热闹和学界的热闹（我把后者看作前者的一个类别），在安静中做成自己想做的事情，或者至少把自己真正想做什么的问题想明白。其实，真想明白了，哪有做不成之理呢?

好了，祝世界继续热闹。

七

“定力”不是修炼出来的，它直接来自所做的事情对你的吸引力。我的确感到，读书、写作以及享受爱情、亲情和友情是天下最快乐的事情。人生有两大幸运，一是做自己喜欢做的事，另一是和自己喜欢的人在一起。所以，也可以说，我的“定力”来自我的幸运。

八

这么好的夜晚，宁静，孤独，精力充沛，无论做什么，都觉得可惜了，糟蹋了。我什么也不做，只是坐在灯前，吸着烟……

我从我的真朋友和假朋友那里抽身出来，回到了我自己。只有我自己。

这样的时候是非常好的。没有爱，没有怨，没有激动，没有烦恼，可是依然强烈地感觉到自己的生存，感到充实。这样的感觉是非常好的。

一个夜晚就这么过去了。可是我仍然不想睡觉。这是这样的一种时候，什么也不想做，包括睡觉。

安静的位置

对于各种热闹，诸如记者采访、电视亮相、大学讲座之类，我始终不能习惯，总是尽量推辞。有时盛情难却答应了，结果多半是后悔。人各有志，我不反对别人追求和享受所谓文化的社会效应，只是觉得这种热闹与我天性太不合。我的性格决定我不能做一个公众人物。做公众人物一要自信，相信自己真是个人物，二要有表演欲，一到台上就来情绪。我偏偏既自卑又怯场，面对摄像机和麦克风没有一次不感到是在受难。因此我想，万事不可勉强，就让我顺应天性过我的安静日子吧，如果确实有人喜欢我的书，他们喜欢的也一定不是这种表面的热闹，就让我们的心灵在各自的安静中相遇吧。

世上从来不缺少热闹，因为一旦缺少，便必定会有不甘心的人去把它制造出来。不过，大约只是到了今日的商业时代，文化似乎才必须成为一种热闹，不热闹就不成其为文化。这些年来，学界总有一两个当红的热门话题，话题不断在变。不变的是不同学科的学者同一时期仿佛全在研究相同的话题。我不怀疑仍有认真的研究者，但更多的却只是凭着新闻记者式的嗅觉和喉咙，用以代替学者的眼光和头脑，正是他们的起哄把任何学术问题都变成了热门话题，亦即变成了过眼云烟的新闻。

在这个热闹的世界上，我尝自问：我的位置究竟在哪里？我不属于任何主流的、非主流的和反主流的圈子。我也不是现在有些人很喜欢标榜的所谓另类，因为这个名称也太热闹，使我想起了集市上的叫卖声。那么，我根本不属于这个热闹的世界吗？可是，我决不是一个出世者。对此我只能这样解释：不管世界多么热闹，热闹永远只占据世界的一小部分，热闹之外的世界无边无际，那里有着我的位置，一个安静的位置。这就好像在海边，有人弄潮，有人嬉水，有人拾贝，有人聚在一起高谈阔论，而我不妨找一个安静角落独自坐着。是的，一个角落——在无边的大海边，哪里找不到这样一个角落呢——但我看到的却是整个大海，也许比那些热闹的聚玩的人看得更加完整。

在一个安静的位置上，去看世界的热闹，去看热闹背后的无限广袤的世界，这也许是最适合我的性情的一种活法吧。

世界愈喧闹 我内心愈安静

我发现，世界越来越喧闹，而我的日子越来越安静了。我喜欢过安静的日子。

当然，安静不是静止，不是封闭，如井中的死水。我刚离开学校时，被分配到一个边远山区，生活平静而又单调。

后来，时代突然改变，人们的日子如同解冻的江河，又在阳光下的大地上纵横交错了。我也像是一条积压了太多能量的河，生命的浪潮在我的河床里奔腾起伏，把我的成年岁月变成了一道动荡不宁的急流。而现在，我又重归于平静了。不过，这是跌宕之后的平静。在经历了许多冲撞和曲折之后，我的生命之河仿佛终于来到一处开阔的谷地，汇蓄成一片浩渺的湖泊。我曾经流连于阿尔斯山麓的湖畔，看雪山、白云和森林的倒影伸展在蔚蓝的神秘之中。我知道，湖中的水仍在流转，是湖的深邃才使得湖面寂静如镜。

我的日子真是很安静。每天，我在家里读书和写作，外面各种热闹的圈子和聚会都和我无关。我和妻子女儿一起品尝着普通的人间亲情，外面各种寻欢作乐的场所和玩意也都和我无关。我对这样的日子很满意，因为我的心境也是安静的。

也许，每一个人在生命中的某个阶段是需要某种热闹的。那时候，饱涨的生命力需要向外奔突，去为自己寻找一条河道，确定一个流向。但是，一个人不能永远停留在这个阶段。托尔斯泰如此自述：“随着岁月增长，我的生命越来越精神化了。”人们或许会把这解释为衰老的征兆，但是，我清楚地知道，即使在老年时，托尔斯泰也比所有的同龄人，甚至比许多年轻人更充满生命力。毋宁说，唯有强大的生命力才能逐步朝精神化的方向发展。

现在我觉得，人生最好的境界是丰富的安静。泰戈尔曾说：“外在世界的运动无穷无尽，证明了其中没有我们可以达到的目标，目标只能在别处，即在精神内在世界里。在那里，我们最为深切地渴望的乃在成就之上的安宁。在那里，我们遇见我们的上帝。”他接着说明：“上帝就是灵魂里永远在休息的情爱。”他所说的情爱应是广义的，指创造的成就，精神的富有，博大的爱心，而这一切都超越于俗世的争斗，处在永久和平之中。这种境界，正是丰富的安静之极致。

我并不完全排斥热闹，热闹也可以是有内容的。但是，热闹总归是外部活动的特征。而任何外部活动倘若没有一种精神追求主其动力，没有一种精神价值为其目标，那么，不管表面上多么轰轰烈烈，有声有色，本质上必定是贫乏和空虚的。我对一切太喧嚣的事业和一切太张扬的感情都心存怀疑，它们总是使我想起莎士比亚对生命的嘲讽：“充满了声音和狂热，里面空无一物。”

性是肉体生活，遵循快乐原则。爱情是精神生活，遵循理想原则。婚姻是社会生活，遵循现实原则。这是三个完全不同的东西，婚姻的困难在于，如何在同一个异性身上把三者统一起来。

肆

爱情是理想的 婚姻是现实的

爱情的质量

世上并无命定的姻缘，但是，那种一见倾心、终生眷恋的爱情的确具有一种命运般的力量。

幸福是难的。也许，潜藏在真正的爱情背后的是深沉的忧伤，潜藏在现代式的寻欢作乐背后的是空虚。两相比较，前者无限高于后者。

对于灵魂的相知来说，最重要的是两颗灵魂本身的丰富以及由此产生的互相吸引，而决非彼此的熟稔乃至明察秋毫。

看两人是否相爱，一个可靠尺度是看他们是否互相玩味和欣赏。两个相爱者之间必定是常常互相玩味的，而且是不由自主地要玩，越玩越觉得有味。如果有一天觉得索然无味，毫无玩兴，爱就荡然无存了。

爱情是灵魂的化学反应。真正相爱的两人之间有一种“亲和力”，不断地分解，化合，更新。“亲和力”愈大，反应愈激烈持久，爱情就愈热烈巩固。

优异易夭折，平庸能长寿。爱情何尝不是如此？

初恋的感情最单纯也最强烈，但同时也最缺乏内涵，几乎一切初恋都是十分相像的。因此，尽管人们难以忘怀自己的初恋经历，却又往往发现可供回忆的东西很少。

我相信成熟的爱情是更有价值的，因为它是全部人生经历发出的呼唤。

调情是轻松的，爱情是沉重的。风流韵事不过是躯体的游戏，至多还是感情的游戏。可是，当真的爱情来临时，灵魂因恐惧和喜悦而颤栗了。

情种爱得热烈，但不专一。君子爱得专一，但不热烈。此事古难全。不过，偶尔有爱得专一的情种，却注定没有爱得热烈的君子。

无幻想的爱情太平庸，基于幻想的爱情太脆弱，幸福的爱情究竟可能吗？我知道有一种真实，它能不断地激起幻想，有一种幻想，它能不断地化为真实。我相信，幸福的爱情是一种能不断地激起幻想、又不断地被自身所激起的幻想改造的真实。

在爱情中，双方感情的满足程度取决于感情较弱的那一方的感情。如果甲对乙有十分爱，乙对甲只有五分爱，则他们都只能得到五分的满足。剩下的那五分欠缺，在甲会成为一种遗憾，在乙会成为一种苦恼。

好的爱情有韧性，拉得开，但又扯不断。

相爱者互不束缚对方，是他们对爱情有信心的表现。谁也不限制谁，到头来仍然是谁也离不开谁，这才是真爱。

我眼中的好女人

一个真正有魅力的女人，她的魅力不但能征服男人，而且也能征服女人。因为她身上既有性的魅力，又有人的魅力。

好的女人是性的魅力与人的魅力的统一。好的爱情是性的吸引与人的吸引的统一。好的婚姻是性的和谐与人的和谐的统一。

性的诱惑足以使人颠倒一时，人的魅力方能使人长久倾心。

大艺术家兼有包容性和驾驭力，他既能包容广阔的题材和多样的风格，又能驾驭自己的巨大才能。

好女人也如此。她一方面能包容人生丰富的际遇和体验，其中包括男人们的爱和友谊，另一方面又能驾驭自己的感情，不流于轻浮，不会在情欲的汪洋上覆舟。

我对女人的要求与对艺术一样：自然，质朴，不雕琢，不做作。对男人也是这样。

女性温柔，男性刚强。但是，只要是自然而然，刚强在女人身上，温柔在男人身上，都不失为美。

问：你最喜欢异性身上的什么特点？

答：温柔，聪慧，善解人意。单纯一点，不要太功利，女人一功利就特别俗。当然，我摆脱不了男人的偏见，还喜欢女人漂亮。

我所欣赏的女人，有弹性，有灵性。

弹性是性格的张力。有弹性的女人，性格柔韧，伸缩自如。她善于妥协，也善于在妥协中巧妙地坚持。她不固执己见，但在不固执中自有一种主见。

都说男性的优点是力，女性的优点是美。其实，力也是好女人的优点。区别只在于，男性的力往往表现为刚强，女性的力往往表现为柔韧。弹性就是女性的力，是化作温柔的力量。

弹性的反面是僵硬或软弱。和僵硬的女人相处，累。和软弱的女人相处，也累。相反，有弹性的女人既温柔，又洒脱，使人感到双倍的轻松。

如果说爱是一门艺术，那么，弹性便是善于爱的女子固有的艺术气质。

灵性是心灵的理解力。有灵性的女人天生慧质，善解人意，善悟事物的真谛。她极其单纯，在单纯中却有一种惊人的深刻。

如果说男性的智慧偏于理性，那么，灵性就是女性的智慧，它是和肉体相融合的精神，未受污染的直觉，尚未蜕化为理性的感性。

灵性的反面是浅薄或复杂。和浅薄的女人相处，乏味。和复杂的女人相处，也乏味。有灵性的女人则以她的那种单纯的深刻使我们感到双倍的韵味。

所谓复杂的女人，既包括心灵复杂，工于利益的算计，也包括头脑复杂，热衷于抽象的推理。在我看来，两者都是缺乏灵性的表现。

其实，弹性和灵性是不可分的。灵性其内，弹性其外。心灵有理解力，接人待物才会宽容灵活。相反，僵硬固执之辈，天性必愚钝。

灵性与弹性的结合，表明真正的女性智慧也具一种大器，而非琐屑的小聪明。智慧的女子必有大家风度。

有灵性的女子最宜于做天才的朋友，她既能给天才以温馨的理解，又能纠正男性智慧的偏颇。在幸运天才的生涯中，往往有这类女子的影子。未受这类女子滋润的天才，则每每因孤独和偏执而趋于狂暴。

大自然的安排是要男人和女人互相依赖的，谁也离不了谁。由男人的眼光看，一个太依赖的女人是可怜的，一个太独立的女人却是可怕的，和她们在一起生活都累。最好是既独立，又依赖，人格上独立，情感上依赖，这样的女人才是可爱的，和她一起生活既轻松又富有情趣。

虚荣难免，有一点无妨，还可以给人生增添色彩，但要适可而止。为了让一个心爱的女人高兴，我将努力去争取成功。然而，假如我失败了，或者我看穿了名声的虚妄而自甘淡泊，她仍然理解我，她在我眼中就更加可敬了。男人和女人之间，毕竟有比名声或美貌更本质更长久的东西存在着。

好女人也善于保护自己，但不是靠世故，而是靠灵性。她有正确的直觉，这正确的直觉是她的忠实的人生导师，使她在非其同类面前本能地引起警觉，报以不信任。

爱情是一条流动的河

“一个人只要领略过爱情的纯真喜悦，不论他在精神和智力生活中得到过多么巨大的乐趣，恐怕他都会将自己的爱情经历看作一生旅程中最为璀璨耀眼的一个点。”这段话不是出自某个诗人之手，而是引自马尔萨斯的经济名著《人口论》。一位经济学家在自己的主要著作中竟为爱情唱起了赞歌，这使我倍觉有趣。

可是，我仍然要提出一个异议：爱情经历仅是一个人一生旅程中的一个点吗？它真的那么确定，那么短促？

这个问题换一种表达便是：当我们回顾自己的爱情经历时，我们有什么理由断定哪一次或哪一段是真正的爱情，从而把其余的排除在外？

毫无疑问，热恋的经历是令人格外难忘的。然而，热恋往往难于持久，其结局或者是猝然中止，两人含怨分手，或者是逐渐降温，转变为婚姻中亲情或婚姻外的友情。在现实生活中，这种情况造成了许多困惑。一些人因为热恋关系的破裂而怀疑曾经有的热恋是真正的爱情，贬之为一场误会，就像一首元曲中形容的那样彼此翻脸，讨回情书“都扯做纸条儿”。另一些人则因为浪漫激情的消失而否认爱情在婚姻中继续存在的可能性，其极端者如法国作家杜拉斯所断言，夫妻之间最真实的东西只能是背叛。

究竟什么是真正的爱情？如果它是指既不会破裂也不会降温——永久的热恋，那么，世上究竟有没有真正的爱情？如果没有，那么，我们是否应该重新来给它定义？正是这一系列疑问促使我越来越坚定地主张：在给爱情划界时要宽容一些，以便为人生中种种美好的遭遇保留怀念的权利。

在最宽泛的意义上，爱情就是两性之间的相悦，是在与异性的交往中感受到的身心愉快，是因为异性世界的存在而感觉世界之美好的心情。一个人的爱情经历并不限于与某一个或某几个特定异性之间的恩恩怨怨，也包括对整个异性世界的总体感受。热恋是爱情。婚姻的和谐是爱情。一切与异性之间的美好交往，包括短暂的邂逅，持久而默契的友谊，乃至毫无结果的单相思，留在记忆中的深情一瞥，在这最宽泛的意义上都可以包容到一个人的爱情经历之中。

爱情不是人生中一个凝固的点，而是一条流动的河。这条河中也许有壮观的激流，但也必然会有平缓流程，也许有明显的主航道，但也可能会有支流和暗流。除此之外，天上的云彩和两岸的景物也会在河面上映出倒影，晚来的风雨会在河面上吹起涟漪，打起浪花。但我们承认，所有这一切都是这条河的组成部分，共同造就了我们生命中的美丽和爱情风景。

两性之间

男人与女人之间有什么是非可说？只有选择。你选择了谁，你就和谁放弃了是非的评说。

对于异性的评价，在接触之前，最易受幻想的支配，在接触之后，最易受遭遇的支配。其实，并没有男人和女人，只有这一个男人或这一个女人。

一个男人同别的女人调情，这是十分正常也十分平常的。如果他同自己的老婆调情，则或者是极不正常的——肉麻，或者是极不平常的——婚后爱情新鲜如初的动人显现。

调情需要旁人凑兴。两人单独相处，容易严肃，难调起情来。一旦调上，又容易半真半假，弄假成真，动起真情。

当众调情是斗智，是演剧，是玩笑。

单独调情是诱惑，是试探，是意淫。

调情之妙，在于情似有似无，若真若假，在有无真假之间。太有太真，认真地爱了起来，或全无全假，一点儿不动情，都不会有调情的兴致。调情是双方认可的意淫，以戏谑的方式表白了也宣泄了对于对方的爱慕或情欲。

昆德拉的定义是颇为准确的：调情是并不兑现的性交许诺。

对于男人来说，一个美貌的独身女子总归是极大的诱惑。如果她已经身有所属，诱惑就会减小一些。如果她已经身心都有所属，诱惑就荡然无存了。

一个男人和一个女人要彼此以性别对待，前提是他们之间存在着发生亲密关系的可能性，哪怕他们永远不去实现这种可能性。

在夫妇甚至情人之间，恩爱与争吵的混合，大约谁也避免不了，区别只在：一、两者的质量。有刻骨铭心的恩爱，也有表层的恩爱，有伤筋动骨的争吵，也有挠痒式的争吵；二、两者的比例。不过，情形很复杂，有时候大恩爱会伴随着大争吵，恩爱到了极致又会平息一切争吵。

女人对于男人，男人对于女人，都不要轻言看透。你所看透的，至多是某几个男人或某几个女人，他们的缺点别有来源，不该加罪于性别。

在异性之间的友谊中，性的神秘力量所起着的作用乃是不言而喻的。区别只在于，这种力量因客观情境或主观努力而被限制在一个有益无害的地位，既可为异性友谊罩上一种为同性友谊所未有的温馨情趣，又不致像爱情那样激起一种疯狂的占有欲。

在男女之间，凡亲密的友谊都难免包含性的因素，但不一定是性关系，这是两回事。这种性别上的吸引可以是一种内心感受。交异性朋友与交同性朋友，两者的内心感受当然是不一样的。

两性之间的情感或超过友谊，或低于友谊，所以异性友谊是困难的。在这里正好用得上"过犹不及"这句成语——"过"是自然倾向，"不及"是必然结果。

海涅在一首诗里说："我要是克制了邪恶的欲念，那真是一件崇高的事情；可是我要是克制不了，我还有一些无比的欢欣。"

这个原来的痴情少年现在变得多么玩世不恭啊。

你知道相反的情形是什么吗？就是：克制了欲念，感到压抑和吃亏；克制不了，又感到良心不安。

一个男人如果不再痴情，他在男女关系上大体上就只有玩世不恭和麻木不仁这两种选择。

当然，最佳状态是痴情依旧，因而不生邪念，也无须克制了。

如果你喜欢的一个女人没有选择你，而是选择了另一个男人，你所感到的嫉妒有三种情形：

第一，如果你觉得那个情敌比你优秀，嫉妒便伴随着自卑，你会比以往任何时候更为自己的弱点而痛苦。

第二，如果你觉得自己与那个情敌不相上下，嫉妒便伴随着委屈，你会强烈地感到自己落入了不公平的境地。

第三，如果你觉得那个情敌比你差，嫉妒便伴随着蔑视，你会因为这个女人的鉴赏力而降低对她的评价。

男人不坏，女人不爱。女人不贱，男人不睬。

我必须马上补充：所谓男人的坏，是指他对女人充满欲望；所谓女人的贱，是指她希望男人对她充满欲望。也就是说，其实是指最正常的男人和女人。

谈到现代社会中男人和女人所承受的压力，我的想法是：凡是来自自然分工的压力，例如男人奋斗，女人生育，都是不可避免的，也是好承受的。女权主义企图打破自然分工，要女人建立功名，否则讥为思想保守，要男人操心家务，否则斥为性别歧视，不仅没有减少原来的压力，反而增加了新的压力。

在动物世界中，雄性所承受的压力在很大程度上来自争夺雌性，这种争夺往往十分残酷，唯有胜者才能得到交配和繁衍的权利。其实，在人类社会中，同样的压力以稍微隐蔽的方式也落在了男性身上。不过，这是无法避免的，在优生的意义上也是公平的。

伴侣之情

喜新厌旧乃人之常情，但人情还有更深邃的一面，便是恋故怀旧。一个人不可能永远年轻，终有一天会发现，人生最值得珍惜的乃是那种历尽沧桑始终不渝的伴侣之情。在持久和谐的婚姻生活中，两个人的生命已经你中有我，我中有你，血肉相连一般地生长在一起了。共同拥有的无数细小珍贵的回忆犹如一份无价之宝，一份仅仅属于他们两人无法转让他人也无法传之子孙的奇特财产。说到底，你和谁共有这一份财产，你也就和谁共有了今生今世的命运。与之相比，最浪漫的风流韵事也只成了过眼烟云。

人的心是世上最矛盾的东西，它有时很野，想到处飞，但它最平凡最深邃的需要却是一个憩息地，那就是另一颗心。倘若你终于找到了这另一颗心，当知珍惜，切勿伤害它。历尽人间沧桑，遍阅各色理论，我发现自己到头来信奉的仍是古典的爱情范式：真正的爱情必是忠贞专一的。惦着一个人并且被这个人惦着，心便有了着落，这样活着多么踏实。与这种相依为命的伴侣之情相比，一切风流韵事都显得何其虚飘。

大千世界里，许多浪漫之情产生了，又消失了。可是，其中有一些幸运地活了下来，成熟了，变成了无比踏实的亲情。好的婚姻使爱情走向成熟，而成熟的爱情是更有分量的。当我们把一个异性唤做恋人时，是我们的激情在呼唤。当我们把一个异性唤做亲人时，却是我们的全部人生经历在呼唤。

爱情不风流，它是两性之间最严肃的一件事。风流韵事频繁之处，往往没有爱情。爱情也未必浪漫，浪漫只是爱情的早期形态。在浪漫结束之后，一个爱情是随之结束，还是推进为亲密持久的伴侣之情，最能见出这个爱情的质量的高低。

在两性之间，发生肉体关系是容易的，发生爱情便很难，而最难的便是使一个好婚姻经受住岁月的考验。

夫妇之间，亲子之间，情太深了，怕的不是死，而是永不再聚的失散，以至于真希望有来世或者天国。佛教说诸法因缘生，教导我们看破无常，不要执著。可是，千世万世只能成就一次的佳缘，不管是遇合的，还是修来的，叫人怎么看得破。

假如死于那次车祸的人是我，会怎么样呢？怎么样也不会的！不错，我就没有后来的一切了，但没有了就没有了，对这个世界不会有任何影响，一个没有我的世界和以前不会有任何区别。

当然，亲人啊。仅仅是亲人们的生活轨道被彻底打乱了。说到底，和你命运真正休戚相关的唯有你的亲人。

每当看见老年夫妻互相搀扶着，沿着街道缓缓地走来，我就禁不住感动。他们的能力已经很微弱，不足以给别人以帮助。他们的魅力也已经很微弱，不足以吸引别人帮助他们。于是，他们就用衰老的手臂互相搀扶着，彼此提供一点儿尽管太少但极其需要的帮助。

年轻人结伴走向生活，最多是志同道合。老年人结伴走向死亡，才真正是相依为命。

为爱筑一个好巢

婚姻有何必要？我的回答是：为爱筑一个好巢。

爱情是一只鸟儿在天空飞翔，它自由，但也需要栖息，它空灵，但也需要踏实，它娇弱，因此需要保护，它任性，因此需要训导。婚姻所提供的，正是栖息、踏实、保护和训导。

鸟儿总在空中飞，会疲惫、恐慌，会累死，爱情也是如此。

当然，筑一个好巢不容易，要学鸟儿筑巢的勤勉、细致和耐心。

无论如何，你对一个女人的爱倘若不是半途而废，就不能停留在仅仅让她做情人，还应该让她做妻子和母亲。只有这样，你才亲手把她变成了一个完整的女人，你们的爱情也才有了一个完整的过程。至于这个过程是否叫做婚姻，倒是一件次要的事情。

一个男人把一个女人叫做妻子，一个女人把一个男人叫做丈夫，这不仅仅是一个法律行为，而且是一个神圣行为，是在上帝面前的互相确认。唯有通过这个命名，她才成为他的“自己的女人”，他也才成为她的“自己的男人”。无此命名，不论他们如何相爱，终归不互相拥有。同样，他们的屋宇在他们互相命名为妻子和丈夫之前只是一个住处，唯有通过这个命名才成为“自己的家”。

结婚是神圣的命名。是否在教堂里举行婚礼，这并不重要。苍天之下，命名永是神圣的仪式。“妻子”的含义就是“自己的女人”，“丈夫”的含义就是“自己的男人”，对此命名当知敬畏。没有终身相爱的决心，不可妄称夫妻。有此决心，一旦结为夫妻，不可轻易伤害自己的女人和自己的男人，使这神圣的命名蒙羞。

圣经记载，上帝用亚当身上的肋骨造成一个女人，于是世上有了第一对夫妇。据说这一传说贬低了女性。可是，亚当说得明白：“这是我的骨中之骨，肉中之肉。”今天有多少丈夫能像亚当那样，把妻子带到上帝面前，问心无愧地说出这话呢？

再好的婚姻也不能担保既有的爱情永存，杜绝新的爱情发生的可能性。不过，这没有什么不好。世上没有也不该有命定的姻缘。靠闭关自守而得维持其专一长久的爱情未免可怜，唯有历尽诱惑而不渝的爱情才富有生机，真正值得自豪。

我一向认为，只要相爱，无论结不结婚都是好的。我不认为婚姻能够保证爱情的稳固，但我也不认为婚姻会导致爱情的死亡。一个爱情的生命取决于它自身的质量和活力，事实上与婚姻无关。既然如此，就不必刻意追求或者拒绝婚姻的形式了。

人们常说，婚姻是爱情的坟墓。就那种密不透风的婚姻来说，此话是真理，爱情在其中真是要被活埋致死的。还有一种情况是，爱情已经死去，婚姻仍不解除，这时的婚姻便成了一座内有尸体的坟墓，尸体会继续腐烂，败坏固守其旁的人的健康。

有人担心没有婚姻，爱情就死无葬身之地。其实，爱情是天使，它死了，何必留下尸体，又何需乎看得见的坟墓呢？长年守着一具腐败的尸体，岂不会扼杀对爱情的一切美好回忆？

婚姻中没有天堂

好的婚姻是人间，坏的婚姻是地狱，别想到婚姻中寻找天堂。

人终究是要生活在人间的，而人间也自有人间的乐趣，为天堂所不具有。

恋爱时闭着的眼睛，结婚使它睁开了。恋爱时披着的服饰，结婚把它脱掉了。她和他惊讶了："原来你是这样的？"接着气愤了："原来你是这样的！"而事实上的他和她，诚然比从前想象的差些，却要比现在发现的好些。

结婚是一个信号，表明两个人如胶似漆仿佛融成了一体的热恋有它的极限，然后就要降温，适当拉开距离，重新成为两个独立的人，携起手来走人生的路。然而，人们往往误解了这个信号，反而以为结了婚更是一体了，结果纠纷不断。

人真是什么都能习惯，甚至能习惯和一个与自己完全不同的人生活一辈子。

习惯真是有一种不可思议的力量，甚至能使夫妇两人的面容也渐渐变得相似。

正像恋爱能激发灵感一样，婚姻会磨损才智。家庭幸福是一种动物式的满足状态。要求两个人天天生活在一起，既融洽相处，又保持独特，未免太苛求了。

在婚姻这部人间乐曲中，小争吵乃是必有的音符，倘若没有，我们就要赞叹它是天上的仙曲了，或者就要怀疑它是否已经临近曲终人散了。

在多数情况下，婚姻生活是恩爱和争吵的交替，因比例不同而分为幸福与不幸。恩爱将孤独催眠，争吵又将孤独击昏，两者之间的间歇何其短暂，孤独来不及苏醒。

婚姻的后果之一是失去孤独的心境。至于是幸还是不幸，全看你内心是否有孤独的需要。

婚姻有一个最大的弊病，就是对独处造成威胁。对于一个珍爱心灵生活的人来说，独处无疑是一种神圣的需要。不过，如果双方都能够领会此种需要，并且做出适当的安排，我相信是可以把婚姻对独处的威胁减低到最小限度的。

婚姻中的一个原则：不要企图改变对方。

两口子争吵，多半是因为性格的差异，比如你性子急，我性子慢，你细心，我粗心，诸如此类。吵多了，便会有怨恨，责备对方总也改不了。可是，人的性格是难变的，只能互相适应，民间的智慧称作磨合。仔细分析，比起性格差异来，要对方改变的企图是争吵的更重要原因。如果承认差异，在此基础上各方调整自己的态度，许多争吵都可以平息。

在夫妻吵架中没有胜利者，结局不是握手言和，就是两败俱伤。

把自己当作人质，通过折磨自己使对方屈服，是夫妇之间争吵经常使用的喜剧性手段。一旦这手段失灵，悲剧就要拉开帷幕了。

“看来，要使丈夫品行端正，必须家有悍妻才行。”

“那只会使丈夫在别的坏品行之外，再加上一个坏品行：撒谎。”

“我们两人都变傻了。”

“这是我们婚姻美满的可靠标志。”

婚姻中的爱情

爱情是两颗心灵之间不断互相追求和吸引的过程，这个过程不应该因为结婚而终结。以婚姻为爱情的完成，这是一个有害的观念，在此观念支配下，结婚者自以为大功告成，已经获得了对方，不需要继续追求了。可是，求爱求爱，爱即寓于追求之中，一旦停止追求，爱必随之消亡。好的婚姻应当使爱情始终保持未完成的态势，也就是说，相爱双方始终保持必要的距离和张力，各方都把对方看作独立的个人，因而是一个永远需要重新追求的对象，决不可能一劳永逸地加以占有。在此态势中，彼此才能不断重新发现和欣赏，而非互相束缚和厌倦，爱情才能获得继续生长的空间。

世上婚配，形形色色，真正基于爱情的结合并不太多，因而弥足珍贵。然而，偏偏愈是基于爱情的结合，比起那些以传统伦理和实际利益为基础的婚姻来，愈有其脆弱之处。所谓佳偶难久，人们眼中的天作之合往往不能白头偕老，这差不多是古老而常新的故事了。究其原因，也许是因为人的内在的感情要比外在的规范和利益更加难以捉摸，更加不易把握，爱情是比世俗的婚姻纽带更易变的东西。以爱情为婚姻的唯一依据，在逻辑上便意味着爱情高于婚姻，因此，一方面，如果既有的爱情出现瑕疵，婚姻便成问题，另一方面，一旦新的爱情产生，婚姻便当让位。真正以爱情为基础的婚姻永远不会大功告成，一劳永逸，再好的姻缘也不可能获得终身保险。

性爱在本质上是一种很不确定的感情。一方面，它具有一种浪漫倾向，所谓“人情固重难而轻易，喜新而厌旧”，这种心理在性爱中尤为突出。人们往往把未知的东西和难以得到的东西美化、理想化，于是邂逅的新鲜感和犯禁的自由感成了性爱快感的主要源泉。正因为这个原因，最令人难忘的爱情经历倘若不是初涉爱河的未婚恋，便多半是红杏出墙的婚外恋了。这种情形不能只归结为道德缺陷，而是有心理学上的原因的。另一方面，性爱又是一种纯粹的个人体验，并无客观标准可言。自己是否堕入情网，两情是否真正相悦，好感和爱情的界限在哪里，不但旁人难以判断，有时连当事人也把握不了。如果以这样一种既不稳定又不明确的感情为婚姻的唯一纽带，任何婚姻之岌岌可危就可想而知了。

为了在婚姻的悖论中寻找一条出路，应当改变思路，把作为婚姻之基础的爱情同浪漫式爱情区分开来。浪漫式爱情可能导致婚姻的缔结，但不能作为婚姻的持久基础。能够作为基础的是一种由爱情发展来的亲情，与那种浪漫式爱情相区别，我称之为亲情式爱情。在这种爱情中，浪漫因素也许仍然存在，但已降至次要地位，基本的成分乃是在长久共同生活中形成的彼此的信任感和相知相惜之情。这种信任感不单凭借良好愿望，而是悠悠岁月培养起来的在重要的行为方式上互相尊重和赞成的能力，它随婚龄俱增，给人一种踏实感，会使婚姻放散出一种肃穆祥和的气氛。事实上，许多家庭之所以没有解体，并不是因为从未遭遇浪漫式爱情的诱惑，而恰恰是因为当事人看重含有这种来之不易的信任感的亲情式爱情，从而自觉地规避那种诱惑，或者在陷入诱惑之后仍能做出理智的选择，而受委屈的一方也乐意予以原谅。在我看来，凡是建立在这种亲情式爱情的基础上的婚姻不仅稳固，而且仍是高质量的。

我不否认一次新的浪漫式爱情带来更佳婚姻的可能性，但是，第一，这终究是未知的，因而是一个冒险，第二，即便真的如此，在结婚之后，新的浪漫式爱情迟早仍要转变为亲情式爱情。我相信，认清了婚姻以亲情式爱情为基础的必然性和必要性，人们对于自身婚姻现状的评价就会客观一些，一旦面临去留的抉择，也就会慎重得多。

人们之所以视婚姻与爱情为彼此冲突，一个重要原因便是对爱情的理解过于狭窄，仅限于男女之间的浪漫之情。这种浪漫之情依赖于某种奇遇和新鲜感，其表现形式是一见钟情，销魂断肠，如痴如醉，难解难分。这样一种感情诚然也是美好的，但肯定不能持久，并且这与婚姻无关，即使不结婚也一样持久不了。因为一旦持久，任何奇遇都会归于平凡，任何陌生都会变成熟悉。试图用婚姻的形式把这种浪漫之情延续下去，结果当然会失败，但其咎不在婚姻。

如果我们把爱情理解为男女之间的极其深笃的感情，那么，我们就会看到，它决不仅限于浪漫之情，事实上还有别样的形态。一般来说，浪漫之情往往存在于婚姻前或婚姻外，至多还存在于婚姻的初期。随着婚龄增长，浪漫之情必然会递减，然而，倘若这一结合的质量确实是好的，就会有另一种感情渐渐生长起来。这种新的感情由原来的恋情转化而来，似乎不如恋情那么热烈和迷狂，却有了恋情所不具备的许多因素，最主要的便是在长期共同生活中形成的互相的信任感、行为方式上的默契、深切的惦念以及今生今世的命运与共之感。我们不妨把这种感情看作亲情的一种，不过它不同于血缘性质的亲情，而的确是在性爱基础上产生的亲情。我认为它完全有资格被承认为爱情的一种形态，而且是一种成熟的形态。为了与那种浪漫式的爱情相区别，我称之为亲情式的爱情。婚姻中的爱情，便是以这样的形态存在的。按照这一思路，婚姻就不但不是爱情的坟墓，反倒是爱情——亲情式的爱情——生长的土壤了。

问已婚男人一个问题：在这个世界上，最使你心旌摇曳的女人是谁？你说不是你老婆？很正常，你不必惭愧，这并不说明你不爱你老婆。再问一个问题：在这个世界上，你觉得你最亲的亲人是谁？你说是你老婆？很好，这就够了，这说明你仍然很爱你老婆。

宽容偶然的出轨行为

即使防微杜渐是可能的，我们也没有这个权利。如果为了“杜渐”而“防微”，禁绝一切婚外恋情的苗头，那就只好遵循男女授受不亲的古训了。当然，对“微”宽容而不防，就有开“渐”之危险，但这种危险乃是人类情感生活的题中应有之义，试图杜绝这种危险就意味着窒息情感生活。

有人问：如何能克服一般婚姻带来的审美疲劳？我觉得没有什么好办法。不过，无止境的浪漫会产生另一种审美疲劳，频繁地更换性伴侣也会丧失性经验的新鲜感。也许最好是不变中略有变化，如同有节假日一样，双方都有出去自由一下的时候。但是，这个办法需要双方有很高的承受力和修养，也有很大的风险，所以一般不宜采用。

人们常说，牢固的婚姻以互相信任为前提。这当然不错，但还不够，必须再加上互相宽容。

在两人相爱的情形下，各人仍然可能和别的异性发生瓜葛，这是一个可在理论上证明并在经验中证实的确凿事实。然而，由于不宽容，本来也许还可以延续的爱情和婚姻就毁于一旦了。

所以，我主张：相爱者在最基本的方面互相信任，即信任彼此的爱，同时在比较次要的方面互相宽容，包括宽容对方偶然的出轨行为。唯有如此，才能保证婚姻的稳固，避免不该发生的破裂。

如果你的爱人偶然出轨了，我的建议是，倘若你对于你们的爱情仍怀有基本的信心，就最好本着对人性的理解予以原谅。要知道，那种绝对符合定义的完美的爱情只存在于童话中，现实生活中的爱情不免有这样那样的遗憾，但这正是活生生的男人和女人之间的活生生的爱情。

当然，万事都有一个限度，如果出轨成为常规，再宽容的人也无法相信爱情的真实存在了，或者有理由怀疑这个风流成性的哥儿姐儿是否具备做伴侣的能力了。

从一个人教育孩子的方式，最能看出这个人自己的人生态度。那种逼迫孩子参加各种竞争的家长，自己在生活中往往也急功近利。相反，一个淡泊于名利的人，必定也愿意孩子顺应天性愉快地成长。

伍

孩子是坠落人间的天使

童年的价值

在人的一生中，童年似乎是最不起眼的。大人们都在做正经事，孩子们却只是在玩耍，在梦想，仿佛在无所事事中挥霍着宝贵的光阴。可是，这似乎最不起眼的童年其实是人生中最重要的季节。粗心的大人看不见，在每一个看似懵懂的孩子身上，都有一个灵魂在朝着某种形态生成。

在人的一生中，童年似乎是最短暂的。如果只看数字，孩提时期所占的比例确实比成年时期小得多。可是，这似乎短暂的童年其实是人生中最悠长的时光。我们仅在儿时体验过时光的永驻，而到了成年之后，儿时的回忆又将伴随我们的一生。

对聪明的大人说的话：倘若你珍惜你的童年，你一定也要尊重你的孩子的童年。当孩子无忧无虑地玩耍时，不要用你眼中的正经事去打扰他。当孩子编织美丽的梦想时，不要用你眼中的现实去纠正他。如同纪伯伦所说：孩子虽是借你而来，却不属于你；你可以给他爱，却不可给他想法，因为他有自己的想法。如果你执意把孩子引上成人的轨道，当你这样做的时候，你正是在粗暴地夺走他的童年。

城里的孩子没有童年

一个人的童年最好是在乡村度过。一切的生命，包括植物、动物、人，归根到底都是来自土地，生于土地，最后又归于土地。

童年是生命蓬勃生长的时期，乡村为其提供了蓬勃生长的环境。农村孩子的生活不孤单，他们有许多同伴，他们与树、草、家畜、昆虫进行着无声的谈话，他们本能地感到自己属于大自然这一生命共同体。相比之下，城里孩子的生活就十分孤单，远离了土地和土地上丰富的生命，与大自然这一生命共同体断了联系。从某种意义上说，城里孩子是没有童年的。

事实上，我的童年生活本来也贫乏和可怜。幸运的是，当时我的祖辈中还有人住在乡下，父母时常带我去玩，使得我的童年还不致与乡村完全隔绝。尽管那乡下不过是上海郊区而已，但是每年在那里暂住的几天，已经足以成为我一年中最快活的日子了。

那个村子叫周沈巷，离徐家汇不远，随着城市的迅速扩展，现在它早已不复存在。当时那里住着我的外婆、祖母和一个姑妈，她们的家都挨得很近，沿着同一条小河走几分钟，就可以从这一家到达那一家。

孩子到了乡村，所关注的往往不是庄稼和风景，而是大人不会放在眼里的各种小生物。春天的水洼里有蝌蚪，每年我都要捉一些养在瓶子里，看它们摇着细尾巴活泼地游来游去，心里的喜悦要溢出来。夏天的田野则是昆虫的天下，在我很小的时候，也许还没有上学，有一次在乡下，姐姐神秘地告诉我，田里有“得蜢”。她说的其实是蚱蜢，因为发音不准，说成了“得蜢”。我好奇地跟她到田里，一起小心翼翼地捕捉，那是我第一次看见蚱蜢。我更喜欢捉一种叫做“金虫”的甲虫，仲夏季节，剥开玉米叶子，就可以发现它们挤成一团，正在啃食刚刚结成的玉米穗。金虫有金色的硬壳，蚕豆般大小，用一根细线拴住它，让它悬空，它就展开薄翅飞起来，发出好听的“嗡嗡”声；由于它爱啃西瓜皮，所以捉住了能养好几天。长大一些时，我喜欢捉蟋蟀。它们往往躲在烂草堆下，翻开烂草堆后它们四处乱跳，一眨眼就不见了，很难捉到。最好是在夜里行动，用手电筒的光能够把它们镇住，捉住后塞进自制的小纸筒，再选出体形精悍的养在小竹筒里或瓦罐里，和别的孩子玩斗蟋蟀。

在我眼里，乡下的什么都和城里不一样，一切都是新奇的。喝的是井水，倘若在雨天，井水是浑浊的，往水桶里放一块明矾，水便神奇地变得清澄了。潮湿的河边布满小窟窿，从中钻出一只只螃蟹，在岸上悠闲地散步。林子里蝉声一片，池塘边蛙声起伏。那些池塘，母亲说里面有溺死鬼，会把小孩拖下去淹死的，总让我感到既恐惧又神秘。还有夜间在草丛里飞舞的小火光，分不清是萤火虫还是鬼火，给乡村罩上了一层神秘的色彩。

我给女儿当秘书

女儿三岁半，名 jiujiu。人问起是哪两个字，我总犯难。在胎里时，我们就这么叫她，意思是一个小不点儿，像小女孩扎的小辫子尖儿，写出来便是鬏鬏。可这两个字太难写，后来，有人问是不是啾啾，小鸟的叫声。用这来称呼一个叽叽喳喳的小女孩，不是挺合适吗？我将错就错，说是的，从此女儿名啾啾。

从啾啾会说话开始，我就当上了她的秘书，辛勤地记录她的言论。啾啾也很看重我这个秘书，每听人夸她说话有意思，就吩咐我："爸爸，你替我记下来。"我往往是先随手记在纸片上，然后输入电脑。她可在乎这些纸片呢，有一回在纸篓里发现了一张，便对妈妈说："上面写着我的话，不能扔。"妈妈向她解释，爸爸已经写进电脑了。但她非常坚决，一定要妈妈把这纸片收藏起来。

《女友》杂志编辑来我家，喜啾啾可爱，嘱我写稿，我便从她最近的言论中摘取一些，整理成篇。

啾啾很幽默

妈妈说："你是妈妈和爸爸的开心果。"她反问："我是零食呀？"

在姑姑家吃橙子，妈妈说："酸到家了。"她不明白，问酸怎么会到家，妈妈解释了。她听懂了，却故意调侃："我在姑姑家吃一个，酸到了自己家。在自己家吃一个，又酸到了姑姑家。"

电视上在说"鱼类"，她跟着重复，面露困惑，我便给她解释"人类""鸟类""鱼类"这些词的意思。她盯着正坐在沙发上看电视的奶奶，凑近妈妈的耳朵说："奶奶类！"逗得我们都笑了。

她把牛奶也叫奶奶，喊着要喝奶奶，我问："奶奶是我的什么人？"她说："是你的妈妈。"我问："奶奶能喝吗？"她知道我是故意混淆"奶奶"的不同含义，却仍顺应我的玩笑，说："不能，喝了奶奶，你变成孤儿了。"

她喝一口凉可乐，打了一个冷颤。我告诉她："这是冷颤，就是冷得颤抖。"她立刻说："会有热颤吗？"自己笑了，说："热不会发抖的。"

她从书柜里找出一块玻璃镇纸，问我是什么，我解释了。她一笑，说："纸对镇纸说，啊，你是警察呀。"

我问："有一只老鼠，它的妈妈也是老鼠，它的妈妈的妈妈是什么？"她脱口而出："是外婆。"

电话响了，妈妈接听，高兴地说："是一九呀。"一九是我们一个朋友的名字。她发议论了："他怎么叫一九呢，那不是数字吗？"

她拉臭。妈妈嚷道："你太臭啦！"她立刻反驳："我不臭，是臭臭（粪）臭！"

小保姆看见她的手有点儿皱，问："你的手怎么啦？"她反问："你是想说我的手老了吧？"小保姆说是，她反唇相讥："我的手老了，你的手就更老了。"

我们在院子里散步。风很大，刚好我们三人的衣服都带帽子，我们都把帽子戴上了。她和我的衣帽是白色的，妈妈的衣帽是棕色的。她评论："两个雪人，一个豆沙人。"

冬天，街头花园里的花看上去仍色彩鲜艳，我们议论说，那是假花。她扑哧一笑，说："真花冻成假花了。"

我曾缺一颗门牙，成了她取笑的材料。她说了一句什么话，逗得大家围着她笑。她气愤地质问："有什么可笑的？我又不是门牙缺！"我解释：笑可以因为可笑，也可以因为可爱。她的情绪舒展了，奚落说："爸爸，要是缺一颗门牙，就可笑了。"然后，她把桌上的两只玩具羊的脑袋按下，自己也埋下脑袋扒在桌边，装作她们三个对我都惨不忍睹的样子。

晚上，我和妈妈都在厅里埋头看报纸，她有点寂寞，于是批评道："两个报纸人！"接着开始来纠缠我，我说她捣乱，她笑嘻嘻地说："爸爸，我是可爱的捣乱。"

啾啾有想象力

我给她讲解“想象”这个词的意思。她马上用上了：“我想象一个八岁的小朋友，腿跟我一样长，大身体小腿，穿着三岁的鞋子。”她边说边笑，觉得这个情景很好玩。

她让妈妈给她挠痒，妈妈老是挠不到痒处。于是，她抱起一只玩具兔子，指着兔子背上一个位置，让妈妈挠她背上相应的位置。按照她的示范，妈妈果然挠对了地方。

夜间行车。她对我说：“我以为车在天上走，仔细看，原来是在地上走。”我朝车外一看，的确，远处的车灯像是在天空移动。

她要睡了，妈妈嘱我把灯拧暗些，她立即叫起来：“不要暗！”妈妈说，亮了睡不好。她解释：“不亮就行，暗有点像污染。”

吃猕猴桃，她说：“我一看见猕猴桃，嘴里就酸。”喝可乐，她说：“可乐冒小泡泡，我的眼睛就想哭。”

屋外传来风的尖叫声。我说：“真可怕。”她附和，说：“像有人掐它似的。”

朋友送给我们一套台湾画家的绘图作品。我翻开一本，与她同看。她指着一个变形的人物形象说：“这个什么也不像的东西真好玩。”一语道破艺术的真谛。

她问妈妈：“妈妈，你小时候不认识爸爸吧？”妈妈说是。她又问：“爸爸也不认识你吧？”妈妈仍说是。她接着编起了故事：“有一天，你见到了爸爸，说：‘哈，你不是啾啾的爸爸吗？’爸爸也说：‘哈，你不是啾啾的妈妈吗？’你们就认识了。”

去郊区玩，她一路折采枯萎的狗尾巴草，举在手中，说：“我的手是花瓶。”她心情好极了，对妈妈说：“妈妈，我是谱子，你来唱我吧。”

乘飞机，她坐在靠窗的座位上，第一回看见自己在云层之上，十分兴奋，评论道：“云像棉花。”觉得不妥，又说：“云像大海，这上面是雪浪。”

她在旅行中始终带着心爱的玩具小羊。一天早晨，她醒了，告诉我：“我醒来了。”我问：“小羊醒了没有？”她说：“小羊是假的，只能假睡假醒。”我说：“对，小羊是假的，所以做什么都只能是假做。”她表示同意：“假吃饭，假玩。”然后口气一转，欣慰地说：“我是真的，做什么都可以真做，真吃，真玩。”

很久以前，妈妈看着书，给她讲书上的故事，她诧异地问：“这上面都是字，故事在哪里？”现在她不问了，自己也常常看着书讲故事，虽然不认识上面的大部分字，却讲得头头是道。她已经会在钢琴上弹她熟悉的几支歌，每弹必把歌本翻到相关的一页，搁在琴架上，仿佛她能读懂似的。一位音乐界朋友问她，谁教她弹琴，她答：“没人教，我自己看书学的。”的确没人教，完全是她自己蒙的。她还常常给我写信，用圆珠笔在稿纸的每个方格里认真地划写，放进信封，胶水封口，然后一脸严肃地交给我。

啾啾爱动脑筋

她经常独自坐在沙发上，不理睬任何人。然后，仿佛猛然醒来了，问她刚才在做什么，她说：“我是在发呆呢，发呆挺舒服的。”

有一回，她仿佛有所发现，告诉我：“鼻子尖能看见。”我问是什么意思，她解释：“是连起来的，没隔开。”我明白了，她是指两只眼睛是分开的，但看见的东西却是连起来的，由此推断鼻子尖能看见。

大人谈话时，她每听见一个新词，必定要问个明白。妈妈和我说话，她听见“口腔”这个词，问：“什么是口腔？”我笨拙地给她解释：口腔就是嘴里，里面有牙齿、舌头……她马上领悟了，说：“口腔是牙的房顶。”

晚上，在院子里，她看天空，问妈妈：“为什么我走路，星星也走路？星星都跟着我走了，不是就没有星星了吗？”

来了三个人，是访问我的。事后，她告诉我：“我不认识他们。”我说，我也不认识，但今天见过了，就由不认识变成认识了。她表示同意，还说出一番道理：“人一开始谁也不认识，只认识自己。”

我给她讲故事：“从前有一只小狗，名叫斯诺比，他的妈妈是只胖猪……”刚说到这里，她马上替我论证我的故事的合理性：“我是老虎，我的妈妈是只羊，是吧？”老虎和羊分别是她和妈妈的生肖。

春节，朋友给了她一些压岁钱，妈妈给她买了光盘和书。后来，她想起来，问：“妈妈，我的压岁钱呢？”妈妈答：“不是已经用光了吗？”她要求：“你再给我一点压岁钱吧。”妈妈说：“压岁钱不是随便给的，只有过年的时候才能给。”她发表惊人之言：“你给这个钱另起一个名字，不是就能给了吗？”

她很有主见。有一次，电视台记者采访我，想拍她的镜头，其时她已在床上，准备睡觉。看见记者进屋，她用玩具挡住脸，拒绝被拍，不停地说："我不想上电视！"事后，她对我说："上电视有什么好？又没有玩具，就是说一会儿话，没有意思。爸爸，你也是这样感觉的，对吧？"我连连称是。

她对人世沧桑已经有所领悟了。她问妈妈："外婆年轻的时候是什么样子的？那时候她漂亮吗？"然后说："我不想让你老，老了就不漂亮了。"

妈妈问："宝贝什么时候变得这么可爱的？"我说："她从生下来就可爱，可爱到现在，还要可爱下去。"她却不以为然，略带遗憾地说："长大了就不可爱了。"

说起了生肖，我告诉她，奶奶属蛇。她仿佛在默想什么，然后问："奶奶怎么会变这么老的？"我说："奶奶老早就生出来了，她已经活了八十多年了。"她问："她活这么长怎么还没有死？"我说："有的人会活很长时间。"她问："我也会吧？"我说："你当然会的。"她表示同意，解释道："牛的人会活很长时间。"我没听明白，问："牛的人？你不属牛。"她说："不是属牛，是牛的人，我打针不哭。"

她对我说起好些天前在路上看见的一只死老鼠，然后说："老鼠死了好可怜，猫死了也好可怜……"说到这里，她顿住了，轻轻一笑，说："嘻，我可别死。"说完赶紧转移了话题。

她和妈妈的一段对话："妈妈，我长大了，你老了，你还会照顾我吗？""当然会的。""你死了，变成天使了，你在天上还会照顾我吗？""也会的。""我也会变成天使的吧？""到你很老很老的时候会的。""我也变成了天使，到了天上，你就能照顾我了。"说完这句话，她紧紧地搂住了妈妈的脖子。我在一旁感动而又悲哀。

素质是熏陶出来的

我给啾啾买了一套西方童话名著，共十六册，她高兴极了，拿起这本，拿起那本，一再放声笑。当天晚上，她就让妈妈给她念书上的故事。此后，每天临睡前，妈妈都给她念。一天晚上，妈妈念了两个故事，困了，不肯念了，她批评："多看一点书，要学习。"

可是，有一回，妈妈正在给她讲书上的故事，她的小脑瓜里产生了一个疑问，指着书问道："这上面都是字，故事在哪里？"

还有一回，我在南极，红给我发传真，她看见了，问这是做什么。红告诉她："妈妈把一封信传给爸爸，信上写了好多宝贝好玩的事。"她也是诧异地问："在哪儿，在哪儿？哪儿好玩呀？这都是字。"

这是两岁的事。三岁时，情况发生了变化。妈妈前一晚给她念故事，她第二天起床后，就把书翻到昨晚妈妈念的那几页，给自己念上面的故事，虽然不认识大部分字，却念得头头是道。当然，因为她记得妈妈念过的内容。

终于有一天，那是她五岁的时候，妈妈拿着一本书正要念，她不让，说："你念了，我自己再看就没有意思了。"这本书是黑柳彻子的《窗边的小豆豆》。她极喜欢这本书，前几天，妈妈每晚给她念一段，她担心地问："妈妈，念完了怎么办呀？"她还宣布："我也要写自己的事。"因为这本书有后记，她加上一句："也要写后记喽。"事实上，在妈妈给她念的时候，她自己已经能读懂了，而她很快发现了这一点。这几天里，我曾看见她独自在灯下读这本书，很专心的样子，便对她说："有不认识的字，你用笔划出来，待会儿爸爸教你。"她回答说："不用，我都认识了。"

我们没有特意教啾啾认字，她是怎么认识这么多字的呢？回想起来，大约有几个途径。其一，平时开车外出，她坐在车里，喜欢读路旁商店的招牌，有不认识的字就问我们。其二，她看着歌谱弹钢琴，开始时大部分字不认得，慢慢就对上了。其三，看有字幕的动画片，由听台词而认识了字。其四，就是看妈妈给她念过的书，连猜带蒙，熟字越来越多，终于把生字都收编了。

由此我看到，在幼儿的心智中，作为理性能力的一个表现，认字能力同样已是一种潜能，只要给予合适的环境，便会自然地展现和生长。也就是说，认字应该是一个轻松的过程，根本不需要强行灌输。

携小女远游

小女啾啾，芳龄4个月，忽一日被她的异想天开的爸妈带上飞机，飞行六千里，降落在海南岛上。人说，孩子这么小，你们可真胆大。妈妈抱歉地笑笑："北京冷，家里背阴，带她来晒太阳。"

其实爸妈都是出差，应邀来参加同一个学术会议。爸爸是学者，有讨论的责任。妈妈是编辑，有组稿的任务。4个月的婴儿生活不能自理，除了跟随前来，别无选择。于是，在这个以现象学为主题的学术会议上，有了特别的一景：一辆童车，推到东，推到西，出现在各种场合，童车里坐着一个小胖娃娃。

现象学的鼻祖胡塞尔有一句名言："回到事物本身。"可是他把那漫长的归路筑成了一个巨大的迷宫，使许多追随者身陷其中而不得出。当此之时，我弯身从童车里抱起啾啾，自言道：这就是我的"回到事物本身"。

啾啾是一个很好带的孩子，这是我们敢于带她出远门的基本依据。迄今为止，她一直吃母乳，不必专门为她调制别的饲料。我们用餐时，顺便给她喂点什么，她又都欣然接受，把小嘴咂巴得津津有味。她还自动养成了一些好习惯，例如，夜里一觉睡到天亮，有明确的把屎把尿的意识。她肯定不喜欢屎糊在屁股上的感觉，非常能忍，证据是很少发生这种事，几天里难得有一回，而在把她时往往立刻就拉出一堆来。凡此种种，省去了我们许多麻烦。

到海南那天，不巧是个阴雨天，飞机在海口上空盘旋良久，然后突然继续向南飞去了。通知说，海南机场已经关闭，只好降到三亚。在三亚降落后，又马上乘大巴折回海口。空陆旅程，加起来近 9 小时，一般旅客也不胜劳顿，何况一个婴儿。可是，在全部旅途中，啾啾不曾哭过一声。她一向不爱哭闹，我们已经习惯了，同机的旅客却不禁啧啧称奇。

海南十日，啾啾始终快快乐乐的，证实了自己是一个胜任的小旅行家。

啾啾生在夏天，我相信她对夏天情有独钟。从北京到海南，就好像从严冬一下子回到了盛夏，棉衣、毛衣、衬衣通统脱下了，只穿一件红肚兜，近乎赤身裸体。她喜欢赤身裸体，在北京家里，每天洗澡时是她最欢快的时候，洗毕给她穿衣服则必定要遭到她的一番反抗。现在好了，她可以尽兴地停留在她的乐园里了。她一定有了一种突然解放的感觉，简直是有力没处使。一位朋友抱着她在餐厅里巡游，猝不及防，发现她已经顺手从一个花盆里折断一大枝花叶，高高地举在手中。

突然置身在这么多陌生的人和事物中，她不免兴奋，眼睛几乎不够用。她对一切都感兴趣，都要注视，妈妈说她“爱管闲事”。不过，有些东西格外能引起她的注意。有一回，我抱她站在一只大鱼缸前，鱼缸里的热带鱼大而美丽，形状各异，我也未尝看见过。只见她急切地探出身子，小脸蛋差不多贴到了玻璃上，目不转睛地追踪着缸里游动的鱼，一条游远了，又追踪另一条，丝毫不知疲倦。她的眼神充满惊讶，把我也感染得不迭地用惊讶的眼光重新打量鱼缸里的奇迹。

面对众多陌生的面孔，啾啾有一种特别的能耐。她一定会在这众多的面孔里选中某一个，我不知道她的标准是什么，但这样的选择必会发生。然后，那张面孔就惨了，她要集中力量打歼灭战了。其武器是执拗的不动声色的盯视，真正是肆无忌惮，直盯得那张面孔不自在起来，不得不逃避或者做出反应。倘若那反应是积极的，她倒也投桃报李，以笑容回报笑容。对于肯放下架子用丑态怪相大呼小叫逗她的大人，她基本上是慷慨的，往往还给你一个仰天大笑。不折不扣是仰天大笑，仰着脸，笑声洪亮悠长，她笑起来真有一股豪爽劲。

如果啾啾对这趟海南之行有记忆，最忆的当然是大海。我们住在海边一个新建的度假村里，出门就是海。这里有长长的沙滩，迄今为止尚人迹罕至，偶尔遇见的唯有拾荒的渔民。啾啾常常赤着一双小小的足，由我们搀扶着，在沙滩上挪步。她低头看自己的小脚丫，看沙，一脸惊异，她的身后留下一串小小的脚印。背景是一望无际的大海，万顷蓝波，千层白浪，把她的小身体衬托得格外小。

我想象不出大海给她的是什么印象。大海，这一切陌生者之中的最陌生者，以千古不歇的涛声固守着永恒的沉默。可是，谁知道呢，在人类中间，也许正是婴儿最与大海亲近。如果最早的古希腊哲人泰勒斯的话有道理，大海便是孕育一切生命的子宫，而刚刚离开子宫的婴儿则是大海向人类派遣的信使。凡敬畏大海的人，也一定会对婴儿携带的神秘信息怀有同样的感情。无怪乎在许多伟大的哲人、诗人、科学家眼里，在海边玩沙和拾贝的孩子的形象不约而同地成了一个最有意蕴的譬喻。

啾啾实在太小了，她甚至还不会玩沙和拾贝。凌晨，妈妈用一条浴巾裹着她，带她到海边看日出。当喷薄而出的红日把黝黑的海面照亮时，她看到了什么？人说，孩子这么小，什么也记不住。当然了，她长大以后，不可能回忆起她 4 个月时的这次旅行。但是，没有在记忆中留下的，就是不存在了吗？在人的心灵中，应该还有比记忆更深邃的东西。

我替啾啾保存着这次旅行的机票，上面填有她的名字，那是属于她的非常正式的机票。我想象着将来有一天，当我把这机票交到她手上时，她会露出多么惊喜的神情。

1998 年 12 月

快乐地战胜应试体制

我收到一个今年应届高中毕业生的来信，她在信中叙述了她的学习经历，大致情况是：在父母顺其自然的教育态度和她自己兴趣至上的学习态度支配下，似乎很不用功，也没有上任何课外班，但喜欢读书和探究新知，课内成绩长期不佳，但最后奇迹般地在应试方面也后来居上，并且考入了北大中文系。

征得她的同意，我把这封信和我的回信发表在我的博客上。我不必再多说什么，大家自己看信，我特别推荐广大中小学生的家长看，你们会明白，你们是可以抗争今天的教育体制，为你们的孩子争得快乐的权利和真正的素质教育的。

为了让读者有一个初步的印象，我在开头先摘录信中的若干句子——

看闲书，读简本英文小说，看动漫，画画，有时写点东西，看看《探索·发现》等电视节目，高二时迷上了相对论，高三快结束时开始看哲学……确实学到了很多东西。闲书让我的语文成绩一直“屹立不倒”总是第一，英文小说无意中也给了我的英语一个同语文一样不可动摇的地位。

到目前为止我还没有失去对事物感兴趣的能力。是的，我一直认为这也是一种能力，因为我身边有很多觉得我们所学的一切都很没劲的同学，他们居然没有任何兴趣爱好——如果玩电脑游戏、上网、追星、八卦不算的话。

我发觉，可能现在的学生之所以学得那么痛苦，就是在应试教育的体制下被残忍地剥夺了“喜欢”的能力！

我父亲证明了个人是可以反抗体制的，至少可以不屈从于体制，并且让我们这些未步入社会的人不至于成为社会所谓利益的傀儡。

您曾经说过，素质高的孩子，即使是在应试体制下也不会差。我十分同意。应试考查的是素质中的冰山一角，拥有整座冰山的孩子当然不会害怕有人来试探他的边沿！

王卉媛的来信

周国平老师：

您好！

我是一个学生，刚刚参加完高考。考虑再三，我还是决定给您写一封信。这封信是有关教育的。我想对您说，您对“拯救孩子”“拯救教育”的呼喊并不孤独，也绝不无力，您的努力并不会白费，一定会有越来越多的家长不仅仅是意识到当今教育体制的畸形，而且还会奋起反抗——“能拯救一个是一个！”

我是在二模前两天看到您的书的。也许您会惊讶为什么那个时候还会“看闲书”——可是，正是您这“闲书”让我信心更充足、心态更平稳。那本书是《善良丰富高贵》，是我爸爸给我买的——您也许不知道，您的书为一个十多年来努力反抗教育体制却又时时处于彷徨犹豫中的父亲增添了信心。他并不懂教育和哲学，所以他没有办法像您那样坚定，也没有任何理论基础和思想根基作为支撑——他只是凭直觉和人生经验觉得，这教育体制太不合理了，我们必须加以反抗。

我的父母一直持着“顺其自然”的态度来“教育”我——其实，他们都不清

楚那算不算教育，他们说他们的教育就是“不管”。爸爸忍住来自其他孩子家长的强大压力没有给我报任何奥数、英语班，而根据我的兴趣为我选择了美术班。当我总是在“玩”而不学习时，他没有训斥也没有唠叨，而是让我去做我想做的事。几经波折，没有任何奥数和英语学习史的我总算凭美术特长躲开了一所风气极差的初中，进入了北京市第二十中学。我初一时成绩不好，只排在年级二百名左右，可是初二忽然对英语（其实是英语小说）和物理产生了浓厚的兴趣，初三又觉得化学有趣，一下就变成了班里第一，签约留在了本校高中……到了高中，又是一段默默无闻，名次屡次在二十名左右徘徊，但其间出板报，帮忙策划班会，参加各种活动，过得十分快乐——然后，鬼使神差，在一个假期的“抢跑”后，一上高三就考了个年级第一，然后经过高三一年的努力，我居然能考上北大……最近爸爸如释重负，不停地说“咱们胜利了”——他是说，我们对抗教育体制胜利了，至少是已经胜利了一半。（因为毕竟进了北大也不能说明这个人就一定有出息，胜利与否要看一生的轨迹才能下定论。不过至少我一直活得很开心！）

其实到现在，我都觉得像在做梦。像我这种不知道何谓“刻苦”的人竟然也能上北大？只一年真正用心的努力，这对那些孜孜十余年的孩子们不是太不公平了吗？我一直在玩啊！不过，在我将我的疑惑对我最好的朋友说了之后，她告诉我，也许我认为是“玩”的事在多数人看来都是“学”。我想了想——看闲书，读简本英文小说，看动漫，画画，有时写点东西，看看《探索·发现》等电视节目，高二时迷上了相对论，高三快结束时开始看哲学（还是受您影响，真是感谢您！让我发现了一个新天地）……确实学到了很多东西。闲书让我的语文成绩一直“屹立不倒”总是第一，英文小说无意中也给了我的英语一个同语文一样不可动摇的地位，正是吃着这两科的老底我才能在高三一年猛攻理综和数学。看动漫让我有了日语基础，同时也形成了一定的世界观（或许悲观，但毕竟是世界观啊），也促进了我画技的提高。画画不但让我很快乐（这也许才是最重要的，不是吗？），而且让我交到了很多朋友，还帮我融入了集体。至于相对论和哲学，则纯粹是“学到了东西”，没什么实际好处，不过从某种程度上来说我觉得这更好。

您现在可以想象，当我读到您对教育的看法时，我有多么如释重负了！那种“不经努力却得到了别人本该付出极大努力才能得到的东西”的负罪感减轻了许多。我一直以来其实是在用另一种让我十分快乐的方式在“学习”，不知不觉地学习。原来我高三那年的所谓“努力”，也只是应试教育的牺牲品！我开始庆幸，我除高三之外一直在不知不觉中接受着——不，实行着自我的“素质教育”，而且到目前为止我还没有失去对事物感兴趣的能力（是的，我一直认为这也是一种能力，因为我身边有很多觉得我们所学的一切都很没劲的同学，他们居然没有任何兴趣爱好——如果玩电脑游戏、上网、追星、八卦不算的话）。我一直对学校的态度是：我喜欢这个学科，但我不喜欢这门课，也不喜欢做题，更不喜欢毫无意义的作业。如果没有同学，我绝不想去上学。所以，别人问我是否喜欢英语，我总是说喜欢英语，但我不喜欢英语课。（这是大实话，到现在我还是语法白痴，我做题从来只凭语感。我在好好听语法课之前已经知道这些意思用英语该怎么表达了，那我为什么还要问为什么要这么表达呢？背那么多语法名词有什么意义？我们学汉语的时候学语法了吗？这岂非舍本逐末？！单词也是，都是在看英语文本的过程中总是遇到这个词，慢慢就领会了意思的，为什么要一个一个字母背？总之，我无论单词还是所谓语法都没背过，英语语法课对我简直是个折磨，像听天书一样；看到同学念单词拼字母我也觉得莫名其妙。可我又时常心生惭愧，因为我没经过任何痛苦的背诵便让英语达到了一个让同学羡慕的水平——这是不是有点不公平？）同样，我物理习题课或概念课听得云里雾里觉得枯燥得很，可是看到课本上有关“时间是相对的”却兴致盎然，让爸爸借了几本科普读物看了几个通宵，搞得上课不停打瞌睡。那段时期，我最喜欢的科目是物理，可成绩最差的也是物理。我对科目的兴趣与分数无关。

凡是我喜欢的事情，我都能做得很出色很投入，凡是我厌恶的东西，虽然不得不应付，但肯定不会太好，而且会很费力。然后我发觉，可能现在的学生之所以学得那么痛苦，就是在应试教育的体制下被残忍地剥夺了“喜欢”的能力！对事物的好奇心本是与生俱来的，就像您说的，只要好好保护就可以了，可现在，一切都在残忍地扼杀着那些生命的珍宝！在看到您的文章以前，我和爸爸经常议论现在的教育体制，那时我还没想那么深，我们一致认为，现今的教育方式就是把孩子都变成傻子呆子，只会做题的机器，目标就是分，分，分！我向来不欣赏死学习的人，可又不得不承认那种坚忍不拔的精神确实可嘉，但我总觉得有哪里不对头，又说不上来。现在我认为那种不对劲就是，那种精神好是好，可惜被生拉硬拽着用错了地方。要是能够好好保护孩子的天性，那么学习就会很活了，创造力也会喷涌而出。

我忽然感觉现在的孩子很可怜。并不是他们想变成“死学习”的人，是教育，本应使他们成才的教育逼着他们“死学习”的啊……看完您的《宝贝，宝贝》，在感叹着啾啾有这样一个用心的父亲的幸运之余，也在感叹着我自己的幸运。我简直开始崇拜我父亲了。他的“放任自流”“顺其自然”很好地保护了我的好奇心和想象力，而且一直以朋友的身份和我相处，让我有一个幸福的家和一个近乎完美的童年（相对来说太完美了，在别的小朋友撅着小嘴上着奥数时，我和我表妹正在楼下疯跑）。谢谢您一直看到现在，我实在是写得刹不住车，其实我已经删掉一大段了……

接下来我想说说我父亲，他和您一样，也把孩子的健康成长放在首位，而且我相信像他这样的父亲（或母亲）一定还有，而且他们也曾经像我父亲一样陷入过长期的心理斗争和彷徨不定的困惑。您的文章，多少会令这些用心良苦的父母们增强自信，而且会令更多明智的父母下定决心“拯救孩子”。我父亲证明了个人是可以反抗体制的，至少可以不屈从于体制，并且让我们这些未步入社会的人不至于成为社会所谓利益的傀儡。（这让我想起了郑渊洁，不过我爸爸说他没有那么大的魄力不让我上学，另外他觉得与学校里同龄人接触还是很有必要的。）倘若反抗的人再多些，能掀起一场教育革命也尚未可知！

我父亲少年时十分努力，不停地做题、练习，又恰好赶上“文革”结束后恢复高考（大概是第二年吧），考上了北大数学系。可是后来工作当中，爸爸却发现曾经那些重复的训练只能磨灭创造力，使人变得机械——他最近对我说，他是不想让我也“变成那样”，他想让我“成为一个有思想有创造力的人”。于是，爸爸所谓对我的“矫枉过正”便开始了。自我小时候起，爸爸便采取“放任自流”的政策，从不管束我，一切尽可能顺我的天性，让我在自由的氛围中成长。不过他买了很多书给我，要知道那时候四五本书的价格就差不多顶上一个月的工资了，可他从不吝惜钱。我是在妈妈念故事的声音中长大的。在这期间，由于妈妈念书时我同时也跟着在看那本书上的字，慢慢便认识了很多。（所以后来当我读到您可爱的啾啾认字的过程时，不禁感叹那惊人的相似性，果然潜移默化才是正确的方法。）上小学一年级时，班主任老师对我刮目相看，甚至找上家门质问我爸妈我的作文是不是他们帮我写的——那时的我对语言文字的驾驭能力在同龄人中还是很出色的，爸爸妈妈其实也很惊讶，因为他们“从没刻意教过”我。

然而，到了二三年级，我便不是那么显眼了，因为我经常算错数，对英语也没有兴趣——没有兴趣的东西我向来学不会，至少学不好。当时几乎所有家长都给孩子报奥数、英语班，我爸爸也有点犹豫，问我报不报，我几乎是斩钉截铁地说：“不报！”于是，从小学一直到高中，我没有报过任何奥数、英语班，只是一直“顺其自然”。爸爸说，他在那段日子里其实特别犹豫，举棋不定，他又怕我没学这些会吃亏，又不甘心成为这个他觉得极为不合理的体制的奴隶，让我变成做题机器。彷徨许久，“我就不信了！”爸爸把心一横，再没有提给我报那些做广告做得花里胡哨的奥数、英语班。

在别人上着课外班的时候，我要不就和表妹在外面疯玩，要不就在家里津津有味地看着妈妈从图书馆借回来的书。（因为妈妈不知道该怎么挑书，就随便借，我也就随便看，所以读书很杂，没有看很多经典名著，这也是小小的遗憾。最爽的就是非典时期了，不用上学，整天猫在家里看小说或传记。虽然没能接触到那些伟大的作品，可是小学这段经历给我奠下了读书的习惯。）

因为没学奥数和英语，我也确实吃了不少亏，小升初时为了不让我分配到家附近一所风气极差的初中（真的极差，据说老师和学生经常在课堂上对骂！要不然爸爸妈妈也不会那么着急），爸爸到处跑，带着我到处去参加各中学的招生考试，可是由于没学过奥数英语什么的到处碰壁，哪都不要，最后还是二十中学因我的美术特长录取了我。小升初碰了一鼻子灰，爸爸又开始后悔没有给我报奥数了。但木已成舟，也只能走一步说一步，爸爸却也不想退缩，仍然坚持他“顺其自然”的教育态度，不怎么插手我的学习，几乎从不过问我的考试成绩，一般是我主动告诉他，成绩好坏他都不表态，以免我骄傲或难过。可是初二第一次考试（好像是吧）我的成绩居然掉到了173名，爸爸终于还是沉不住气了，他很失望，同时对“顺其自然”产生了很深的怀疑。

可是，事情就在这里发生了转机。初二新加了物理课，我十分喜欢，觉得很有意思，比方程语法什么的有趣多了，于是就开始认真地学物理——很容易，很好玩，很神奇，当时就这心理。同时，爸爸早就买来的一套英文读物也吸引了我的注意，我看了一本，觉得故事很有趣，就看下去了……到初三，我已经看完了一整套，又开始看另外一套。物理成绩很好，化学我也挺有兴趣，英语也由于看小说突飞猛进……在一年的工夫里竟然从 173 名蹦到了 19 名。自那之后，爸爸信心倍增，因为他发现我还有很大的潜力。这时候，同班那些学过奥数和英语的人很多已经不如我了，这使爸爸感到自己应该是对的。

上了高中以后，我的成绩在 4~34 名之间蹦跶，具体名次依我对该阶段所学内容的感兴趣程度决定。出现最多的名次在 20 左右，当时我们家的亲戚还有我爸爸自己都没想过让我上名校，甚至我姥姥看到我“不学”的样子担心我会考不上大学。爸爸又开始动摇，觉得要是那时候给我报了奥数，我的计算能力就不会那么差，理科就不会那么拉我后腿了。他无数次问我，那会儿是不是应该给我报奥数，每次我都使劲摇头，明确地告诉他，如果当时他给我报奥数，出于抵触心理我会干脆连数学都不学了的。

到了高二，我做了一个有关相对论的研究性学习，把班主任老师吓着了。其实书上那些概念我都懂，就是不爱做题，再加上马虎，成绩自然提不上去。她了解了这个之后，我就被莫名其妙地拉进了“尖子生工程”，要知道其他的六个人都是稳定在 10 名以内的呀！受宠若惊的我终于萌生了“努力”的念头，在即将高三的那个暑假第一次脑袋里想着“高考”这俩字去啃厚厚的辅导材料。昏天黑地！我发现我很适合自学，进步真快。开学第一次考试，我考了年级第一，把第二名甩在后面 39 分。于是爸爸又兴奋异常，觉得自己没错……

就是这样，爸爸的脑袋里充满了相互斗争的想法，一直斗争到我的高考成绩发下来。670 分，排在北京市 270 名。要知道，中考时，我的名次是海淀区 1780 名！连我都不敢相信这是真的。爸爸兴奋得一夜都没睡觉，和我聊了一宿……这是属于他和我的战争，一个赌注是我的前程和他的努力的赌，事实证明，我们没错，错的是这个体制。始终在爸爸心头争来斗去的矛盾现在可以不再出现了，因为接下来的路属于我自己，爸爸已经完成了他的使命，我今后的路还很长。（说得好像太严重了些？可我觉得要是老爸真的不做这个斗争，我现在没准真考不上大学，还成了应试教育的牺牲品！）他曾说他把我矫枉过正了，把我引上了文学方向（我高中学的理科，报的却是北大中文系。只有北大这样招，别的学校都没有，要不然我高三一年也许不会那么拼命往北大奔），可我觉得这也蛮好。

我相信，一定还有家长在与这个体制做着斗争。我也会继续努力，我一定要证明爸爸“顺其自然”没有错，顺应孩子的天性才是教育所应该做的。您的啾啾让我更加深信这一点，家长和学校所应该做的只是引导，绝不是替孩子做决定，更不是将孩子的天性一并扼杀。天性自由发展的孩子也许早年不会显露出出色的一面，但他长大后既是一个“人”，也是一个“人才”，这才是真正重要的，何况您曾经说过，接受素质教育，素质提高的孩子，即使是在应试体制下也不会差。我十分同意。应试考查的是素质中的冰山一角，拥有整座冰山的孩子当然不会害怕有人来试探他的边沿！天性自由发展的孩子，会比天性受到压制的孩子优秀许多，虽然那压制并不是那些可怜的孩子的错。我相信您也会在“拯救孩子”“拯救教育”的路上更加坚定不移地走下去，更相信将来啾啾会成为一个真性情的快乐的人，我为她祝福！

在结尾前，我想再说些有关我自己的话，望不要介意——前面我说，您的文章让我更加有信心、心态更稳，这一方面是因为您的话为我们与体制作斗争的行动提供了“理论支持”，而且让我们看到与体制作斗争的并不仅仅是我们一家人；另一方面，也是因为您为我打开了哲学的大门。我以前一直以为哲学高深莫测，直到高中政治课学到《哲学生活》才发现原来哲学那么有意思，可是我们家有的哲学类的书都是康德、莱布尼茨等人的原著（爸爸上学时买的，还是老版），真是看不懂的……二模前那两天，我一口气将您的《善良丰富高贵》《安静的位置》

都读完（如果这样说不冒犯的话：有一种找到知音的感觉……）。那两天我什么都没复习，只是看您的书，结果二模考了666分，海淀区123名。究其原因有三：看到好书心情好；您的书让我的灵感喷涌而出，语文作文写得特忘我（主题是追寻真理的青年精神，命题作文）；有了一个较开阔的眼光，考试时就看得很淡了，平静得出奇。最重要的是，您让我看到了一颗仍旧真挚仍旧坚守安静领地的心灵，真的感谢您。（我不会说华丽的话，而且我想您也不喜欢华丽的话，所以，我只好只说声谢谢。）我会继续关注您的书和您可爱的啾啾。抱歉，希望这封信没有太占用您的时间。不过，我还是希望您能告诉我，我这种学法对那些用功的孩子真的没有不公平吗？我总觉得我的运气（其实，我甚至连运气是怎么回事也不知道）似乎太好了些，成长太顺了些，心里总是有强烈的不安，好像我剥夺了别人什么一样。这样真的好吗？虽然这些问题不会影响我以后的路，但我仍然克服不了这强烈的愧疚感。我好像只尽了一点努力就得到了一切。我爸爸总是说“老天爷是公平的”，可当我问他“你信老天爷吗？”他却回答“不信”。爸爸是针对我小时候耳朵因医疗事故而导致四级听力残疾一事说的，他说我“该受的苦提前受了”……可我不能接受，因为我觉得耳朵的事甚至利大于弊，如果不是因为这个我还不会总猫在家里看书呢，如果不看书，我还不可能考上北大呢，再说影响又不大……其实我一直觉得这个世界是不公平的，不存在绝对的公平——可是即使这样，我也没法心安理得地享受这份好运……

如能回函，不胜欣喜。对您耐心读完这封信再次致谢！

2010届高考北京一考生

2010年6月25日

周国平的回信

卉媛：

我要告诉你，你的信给我带来的也是欣喜。感谢你详细地叙述了你顺应自己的天性抵制应试教育并获大胜的经历，我读得津津有味。你有一个好父亲，你说他只是凭直觉和人生经验，我觉得这是最可贵的，有好的直觉的人何其少，能够尊重自己的人生经验的人何其少，这正是今天的悲哀。否则，体制再浑蛋，教育的状况也不会落到这么糟的地步，尤其是这样浑蛋的体制不可能这么顺利有效地推行。你虽然尚缺人生经验，但你的直觉也非常好，所以能够排除干扰，我行我素。

你不必感到愧疚和不安。不公平是体制造成的。在一场规模巨大、旷日持久的灾难中——今天的教育正是这样的一场灾难——有大量遇难者，只有少数幸存者，这是没有办法的。难道所有人都遇难才公平吗？当然不，为了战胜灾难，为了灾后重建，幸存者越多越好，凭借自己的能力和机会成为幸存者，这本身就是一种贡献。

三篇作文也看了，不错，但能看出是作文，所以往往不免用推理代替真情实感。你的信完全是真情实感。你有文学才华，现在不必写作文了吧，不妨自由自在地写点东西。

我会把你的信给啾啾看，她会受到鼓励，坚定对我的教育理念的信心。如果你同意，我还想把信贴在我的博客上，给这个坏世界树一个好榜样。我相信，无论家长，还是中学生，对当今教育弊端有所认识但怕失去什么而不敢抵制的不在少数，你的经历对他们会有说服力，在抵制这一边加上一个砝码。

我会关注你在北大的继续成长。北大现在也沾染了这个时代的许多毛病，你仍要独立思考。

周国平

2010年8月8日

今天怎样做父母（一）

现在做父母的似乎都有一个雄心，要亲手安排好孩子的整个未来，从入学、升学到工作、出国，从买房、买车到结婚、生子，皆未雨绸缪，为之预筹资金，乃至亲自上阵拼搏，觉得这样才是尽了责任。我想提醒你们的是：孩子的未来岂是你们决定得了的？他的未来，一半掌握在上帝手里，即他的外在遭遇，另一半掌握在他自己手里，即他应对外在遭遇的心态和能力。对于前一半，你们完全无能为力，只能为他祈祷。对于后一半，你们倒是可以起很大作用的，就是给他以正确的教育，使他在心智上真正优秀，从而既能自己去争取幸福，又能承受人生必有的苦难。倘若你们不在这方面下功夫，结果培养出了一个心智上的弱者，则我可断定，有朝一日你们必定会发现，你们现在为他的苦心经营全都是白费力气。

从一个人教育孩子的方式，最能看出这个人自己的人生态度。那种逼迫孩子参加各种竞争的家长，自己在生活中往往也急功近利。相反，一个淡泊于名利的人，必定也愿意孩子顺应天性愉快地成长。

我由此获得了一个依据，去分析貌似违背这个规律的现象。譬如说，我基本可以断定，一个自己无为却逼迫孩子大有作为的人，他的无为其实是无能和不得志；

一个自己拼命奋斗却让孩子自由生长的人，他的拼命多少是出于无奈。这两种人都想在孩子身上实现自己的未遂愿望，但愿望的性质恰好相反。

做人和教人在根本上是一致的。我在人生中最看重的东西，也就是我在教育上最想让孩子得到的东西。进一个名牌学校，谋一个赚钱职业，这种东西怎么有资格成为人生的目标，所以也不能成为教育的目标。我的期望比这高得多，就是愿孩子成为一个善良、丰富、高贵的人。

我肯定不是什么教子专家，只不过是一个爱孩子的父亲而已。既然爱，就要做到两点，一是让孩子现在快乐，二是让孩子未来幸福。在今天，做到这两点的关键是抵御现行教育体制的弊端，给孩子提供一个得以尽可能健康生长的小环境。

做父母的很少有不爱孩子的，但是，怎样才是真爱孩子，却大可商榷。现在的普遍方式是，物质上无微不至，功课上步步紧逼，精神上麻木不仁。在我看来，这样做不但不是爱孩子，反而是在害孩子。

真爱孩子的人，一定会努力让孩子有一个幸福的童年，以此为孩子一生的幸福奠定基础。具体怎么做，我说一说我的经验供参考。要点有三。其一，舍得花时间和孩子游戏、闲谈、共度欢乐时光，让孩子经常享受到活生生的亲情。其二，尽力抵制应试教育体制的危害，保护孩子天性和智力的健康生长。其三，注意培育孩子的人生智慧和独立精神，不是给孩子准备好一个现成的未来，而是使孩子将来既能自己去争取幸福，又能承受人生必有的苦难。

今天怎样做父母（二）

对于孩子的未来，我从不做具体的规划，只做抽象的定向，就是要让他成为一个身心健康、心智优秀的人。给孩子规定或者哪怕只是暗示将来具体的职业路径，是一种僭越和误导。我只关心一件事，就是让孩子有一个幸福的童年，能够快乐、健康、自由地生长。只要做到了这一点，他将来做什么，到时候他自己会做出最好的决定，比我们现在能做的好一百倍。

今日的家长们似乎都深谋远虑，在孩子很小时就为他将来有一个好职业而奋斗了，为此拼命让孩子进重点学校和上各种课外班。从孩子这方面来说，便是从幼儿园开始就投入了可怕的竞争，从小学到大学一路走过去，为了拿到那张最后的文凭，不知要经受多少作业和考试的折磨。有道是：不能让我们的孩子输在起跑线上。可是，在我看来，这种教育方式恰好一开始就是输局了。身心不能自由健康地发展，只学得一些技能，将来怎么会有大出息呢？

一个人从童年、少年到青年，原是人生最美好也最重要的阶段，有其自身不可取代的价值，现在这个价值被完全抹杀了，其全部价值被归结为只是为将来谋

职做准备。多么宝贵的童年和青春，竟为了如此渺小的一个目标做了牺牲。

现行教育的尺度极其狭隘，无非是应试、升学、就业，其恶果是把孩子们培养成片面的人、功利的人，既不优秀，也不幸福，丧失了人生最重要的价值。

今天的普遍情形是，成人世界把自己渺小的功利目标强加给孩子，驱赶他们到功利战场上拼搏。我担心，在他们未来的人生中，在若干年后的社会上，童年价值被野蛮剥夺的恶果不知将会以怎样可怕的方式显现出来。

最令人担忧的是今天教育的久远后果，一代代新人经由这种教育走上了社会，他们的精神素质将决定未来中国数十年乃至上百年的精神水准和社会面貌。

对聪明的大人说的话：倘若你珍惜你的童年，你一定也要尊重你的孩子的童年。当孩子无忧无虑地玩耍时，不要用你眼中的正经事去打扰他。当孩子编织美丽的梦想时，不要用你眼中的现实去纠正他。如果你执意把孩子引上成人的轨道，当你这样做的时候，你正是在粗暴地夺走他的童年。

有一些人执意要把孩子引上成人的轨道，在他们眼中，孩子什么都不懂，什么都不会，一切都要大人教，而大人在孩子身上则学不到任何东西。恕我直言，在我眼中，他们是世界上最愚蠢的大人。

我对孩子的期望——

第一个愿望：平安。如果想到包围着她的环境中充满不测，这个愿望几乎算得上奢侈了。

第二个愿望：身心健康地成长。

体制的改革非一日之功，我们不能坐等其完成。我们应看到，即使在现行体制下，老师和家长仍拥有相对的自由，可以为自己的学生和孩子创造一个尽可能好的小环境，把大环境对他们的危害缩小到最低程度。当然，这就要求老师和家长站得足够高，对于现行体制的弊端有清醒的认识，对于教育的理念有正确的理解。可以想象，这样的老师和家长多了，不但其学生和孩子受益，而且本身就能成为促进体制变革的重要力量。说到底，有什么样的人民，就有什么样的制度。

应试体制实际上把所有学生和家长逼入了一个赌局，一边是应试教育，另一边是素质教育，看你把赌注下在哪一边。现在的情况是，绝大多数人把赌注完全押在了应试教育上，竭尽全力成为赢家。在我看来，这样做的风险其实更大，如果赢了，不过是升学占了便宜而已，如果输了，就输得精光。相反，把赌注下在素质教育这一边，适当兼顾应试，即使最后在升学上遭遇一点挫折，素质上的收获却是无人能剥夺的，必将在整个人生中长久发生作用。所以，以素质的优秀为目标，把应试的成功当作副产品，是最合理的定位。

应试体制的弊端有目共睹，但积重难返，改革之路艰难而漫长。在这个过程中，个人不是无能为力的。把主要力气花在素质教育上，向应试教育争自由，能争到多少是多少，在应试体制面前保护孩子，能保护一个是一个，这不但是可行的，而且是一种责任。在一切战争中，保存和发展有生力量是一个基本原则，在素质教育与应试教育之战中也是如此。可以确信，抗争者的队伍壮大了，两种教育之间的力量对比就会发生变化，应试体制要不变也难了。现在它既然已经失人心，那么，让我们共同努力，让它也失天下吧。

在现行应试体制下，孩子身心承受着巨大的压力，家长不应该再加压，至少要在心理上给孩子减压。每次考试前，我都会对女儿说：考咋样就咋样，考砸了也没关系。有一次期末考试，她考了个年级总分第一，我批评她说：怎么搞的，考个二三十名就可以了，下不为例。她清楚我一向不看重考分，因此她的心态也从容而淡定。

好的家庭教育对于学校教育的作用有二，一是给素质教育加分，二是给应试教育减负。

在智力教育中，最不重要的是知识的灌输。当然可以教孩子识字和读书，不过，在我看来，这至多是手段，决不可当作教育的目标和标准，追求孩子识多少字和背多少古诗，甚至以此夸耀，那不但可笑，而且可悲。教授知识的方法是否正确，究竟有无价值，完全要看结果是激发了还是压抑了孩子的求知兴趣。活跃的理性能力是源头，源头通畅，就有活水长流，源头干涸，再多的知识也只是死水。

对于孩子的智力教育，我不是一个很用心思的家长，没有什么周密的计划。不过，我比较有心，会留意孩子的智力闪光，及时给予赞扬和肯定。事实上，幼

儿理性觉醒的能量是非常大的，一定会有好奇、多问、爱琢磨等表现，所需要的只是加以鼓励，给他一个方向，使他知道这些都是好品质，从而满怀信心地继续发扬。相反，倘若对于自然生长的智力品质视而不见，却另外给他规定一套人为的标准，他在智力发展的路上就难免左右失据、事倍功半了。

让孩子真正喜欢上智力生活，乐在其中，欲罢不能，对学习充满兴趣，是智育的最大成功。在这方面，父母的榜样能产生显著的作用。

我深信，熏陶是不教之教，是最有效也最省力的教育，好的素质是熏陶出来的。

因此，做父母意味着人生向你提出了一个要求：必须提高你自己的素质。

音乐、绘画、体育这些才能，从一个方面来看，是特殊的天赋，只有少数人适合于以之为专业，从另一个方面来看，又是全面发展的人的基本素质，每一个人都可以以之为自己的爱好。把所谓特长的考核纳入应试教育体制，其结果一方面是使艺术教育、体育的性质发生了扭曲，把它们由人的天性自由发展的形式蜕变成了应试的工具，另一方面则在原已过于沉重的功课之外又给孩子们增添了新的负担。

幼儿都会表现出艺术上的某种兴趣和能力，比如绘画、音乐、舞蹈等，但这并不意味着人人长大了都要成为艺术家，都能成为艺术家。做艺术家必须有天赋，而单凭幼儿期的兴趣是不能断定有天赋的。幼儿期艺术活动的真正价值在于，它是心智发育的一个重要方面，能使幼儿的感受力、想象力、表现力、创造力得到良好生长。这本身就是重大收获，不管孩子将来从事什么职业，这个收获都会在他的工作和生活中体现出来。

所以，对于孩子在艺术方面表现出来的兴趣，我都给予热情的鼓励，至于将来的发展会如何，则完全不予考虑。我的原则是：兴趣为王，快乐生长。孩子喜欢就行，高兴就行，一切顺其自然。

在我看来，长期强迫孩子学习一门艺术，是完全违背艺术的本性的。这样做往往是出于强烈的功利目的，最后即使培养出了一个艺术上的能工巧匠，付出的惨痛代价却是不可治愈的心灵创伤和人性扭曲。

做父母做得怎样，最能表明一个人的人格、素质和教养。

被自己的孩子视为亲密的朋友，这是为人父母者所能获得的最大的成功。不过，为人父母者所能遭到的最大的失败却并非被自己的孩子视为对手和敌人，而是被视为上司或者奴仆。

做家长的最高境界是成为孩子的知心朋友。在这一点上，中国的家长相当可怜，一面是孩子的主子、上司，另一面是孩子的奴仆、下属，始终找不到和孩子平等相处的位置。

爱情、友情是人生的美酒，如果时间短暂，也有新酒的甘甜和芳香。可是，若能经受住漫长岁月的考验，味道就会越来越醇厚，最后变成了无比珍贵的陈年佳酿——亲情。朋友好到了极致，就真正是亲人，比血缘更亲。

我当然还知道，世事无常，人生苦短，一切美好都是暂时的。但是，我决定搁置这类形而上的思考，逗留在当下的美好之中。

陆

即使脸上有疤痕 活着也是美好的

想念

我生活中的邓正来（节选）

正来仿佛是被一阵旋风卷走的，这么生龙活虎的一个人，突然就没有了。一个至爱亲朋的死是多么不真实，你见证了遗体，你参加了追悼会，但是你仍然不相信。

这些日子里，我的眼前全是他的形象，不是最后那些天看到的病容和遗容，而是往常的模样，目光炯炯，声如洪钟，活力四射。这个正来一定还在，说不定哪天，电话铃响，他说他到北京了，约我去见面，而我会告诉他，我是多么想念他。是的，想念，不是缅怀，不是追思，我拒绝把这些词用在他身上。我只是想念他，这个从来不喜欢旅行的人，这一回破例出远门了，我天天盼他归来，我要好好为他接风。

正来生性豪爽，结交广泛，常以各种名目宴请朋友，这个节日、那个节日、大人的生日、孩子的生日、长久的离别、短暂的离别，都可以用做借口。有一回，在亚运村孔乙己设宴，朋友们入座后，他宣布的由头出人意外，竟是庆祝他患喉癌四周年。他是九年前患的喉癌，愈后良好，怎料九年后又查出胃癌，一病不起。

对于我来说，更经常的是，我们一家人被他招呼去出席小型饭局，在座的是他私交亲密的二三人家，每次他都说，今天是家里人吃饭。他去复旦就职后，相聚机会少了，隔些日子就把我们一家请到上海小住，精心安排酒店。他对啾啾和叩叩说：“正来爸爸在上海，你们在上海就有了一个家。”对我说：“要多来，一家人多亲热。”看姐弟俩手挽手穿过宽敞的大堂走来，他满意地说：“看他们住在这里多自然。”

印象中，我们两家走得近，就缘于孩子。1997 年 10 月，我和红举办婚礼，正来夫妇带当时 5 岁的女儿嘟儿出席。婚礼上，主持人亚平问嘟儿：“在座哪个阿姨最漂亮？”答：“郭红阿姨，我觉得她还很可爱。”问：“你觉得国平叔叔怎么样？”答：“一般。”问：“你觉得他配得上郭红阿姨吗？”答：“一般。”问：“以后让你和国平叔叔这样的人一起生活，你愿意吗？”答：“凑付吧。”全场爆笑。我和郭红非常喜欢这个机灵的小女孩，第二年啾啾出生，此后两家人就经常带着孩子互访了，或者一起郊游。正来是一个极不爱游玩的人，那几次郊游几乎是他生活中的例外。

我的两个孩子都是深夜出生的，也都是在第二天清早，正来就到医院看望。叩叩在上海出生，那时他还住北京，夫妇俩专程乘火车来，他在途中染感冒，发烧到 38 度 5，到上海后在旅馆里悲惨地躺了一整天。

正来是自告奋勇要当我的孩子的教父的，我的孩子叫他正来爸爸，他的女儿叫我国平爸爸。他是一个称职的教父，孩子的出生百日、每年生日，他都惦记在心，热心张罗。两家的孩子还有另一个教父，就是上海的阿良。啾啾生下时，正来宣布要和阿良公平竞争，听阿良说要在上海给啾啾留一间房，他不甘示弱，说他在上海有大款朋友，他也能做到。看他这么孩子气地 PK，我觉得可爱极了。

啾啾小时候，两家人聚得多，每次见面他都问啾啾：“想没想正来爸爸？”然后必定是在她的胖脸蛋上狠亲一口。他一跟啾啾说话就柔声柔气，惹得嘟儿嫉妒，骂他肉麻。啾啾和他也亲。2000 年冬，我在南极，啾啾想爸爸，大哭，要立刻给我打电话。当年从北京往南极打电话极不方便，郭红提议给正来爸爸打，她同意了，在电话里听正来的嘱咐，不停地说“行”“嗯”“好”，居然平静了。

正来爱孩子，再忙也舍得为孩子花时间。为了抵御应试教育的危害，他先后两次让啷儿休学，自己给她当老师。他不能容忍对孩子的忽视。一个研究底线伦理的朋友家有幼儿，嫌带孩子费精力，坚持整托，他责备说：“孩子不是底线，是最高。”

爱情、友情是人生的美酒，如果时间短暂，也有新酒的甘甜和芳香。可是，若能经受住漫长岁月的考验，味道就会越来越醇厚，最后变成了无比珍贵的陈年佳酿——亲情。朋友好到了极致，就真正是亲人，比血缘更亲。

智慧和信仰

读史铁生《病隙碎笔》

三年前，在轮椅上坐了三十个年头的史铁生的生活中没有出现奇迹，反而又有新的灾难降临。由于双肾功能衰竭，从此以后，他必须靠血液透析维持生命了。当时，一个问题立刻使我——我相信还有其他许多喜欢他的读者——满心忧虑：他还能写作吗？在瘫痪之后，写作是他终于找到的活下去的理由和方式，如果不能了，他怎么办呀？现在，仿佛是作为一个回答，他的新作摆在了我的面前。

史铁生把他的新作题做《病隙碎笔》，我知道有多么确切。他每三天透析一回。透析那一天，除了耗在医院里的工夫外，坐在轮椅上的他往返医院还要经受常人想象不到的折腾，是不可能有余力的了。第二天是身体和精神状况最好（能好到哪里啊！）的时候，唯有那一天的某一时刻他才能动一会儿笔。到了第三天，血液里的毒素重趋饱和，体况恶化，写作又成奢望。大部分时间在受病折磨和与病搏斗，不折不扣是病隙碎笔，而且缝隙那样小得可怜！

然而，读这本书时，我在上面却没有发现一丝病的愁苦和阴影，看到的仍是一个沐浴在思想的光辉中的开朗的史铁生。这些断断续续记录下来的思绪也毫不给人以细碎之感，倒是有着内在的连贯性。这部新作证明，在自己的“写作之夜”，史铁生不是一个残疾人和重病患者，他的自由的心魂漫游在世界和人生的无疆之域，思考着生与死、苦难与信仰、残缺与爱情、神命与法律、写作与艺术等重大问题，他的思考既执著又开阔，既深刻又平易近人，他的“写作之夜”依然充实而完整。对此我只能这样来解释：在史铁生身上业已形成了一种坚固的东西，足以使他的精神历尽苦难而依然健康，备受打击而不会崩溃。这是什么东西呢？是哲人的智慧，还是圣徒的信念，抑或两者都是？

常常听人说，史铁生之所以善于思考，是因为残疾，是因为他被困在轮椅上，除了思考便无事可做。假如他不是一个残疾人呢，人们信心十足地推断，他就肯定不会成为现在这个史铁生，——他们的意思是说，不会成为这么一个优秀的作家或者这么一个智慧的人。在我看来，没有比这更加肤浅的对史铁生的解读了。当然，如果不是残疾，他也许不会走上写作这条路，但也可能走上，这不是问题的关键。关键在于，他的那种无师自通的哲学智慧决不是残疾解释得了的。一个明显的证据是，我们在别的残疾人身上很少发现这一显著特点。当然，在非残疾人身上也很少发现。这至少说明，这种智慧是和残疾不残疾无关的。

关于残疾，史铁生自己有一个清晰的认识：“人所不能者，即是限制，即是残疾。”在此意义上，残疾是与生俱来的，对所有的人来说都是这样。看到人所必有的不能和限制，这是智慧的起点。两千多年前，苏格拉底就是因为知道人之必然的无知，而被阿波罗神赞为最智慧的人的。众所周知，苏格拉底就不是一个残疾人。我相信，史铁生不过碰巧是一个残疾人罢了，如果他不是，他也一定能够由生命中必有的别的困境而觉悟到人的根本限制。

人要能够看到限制，前提是和这限制拉开一个距离。坐井观天，就永远不会知道天之大和井之小。人的根本限制就在于不得不有一个肉身凡胎，它被欲望所支配，受有限的智力所指引和蒙蔽，为生存而受苦。可是，如果我们总是坐在肉身凡胎这口井里，我们也就不可能看明白它是一个根本限制。所以，智慧就好像某种分身术，要把一个精神性的自我从这个肉身的自我中分离出来，让它站在高处和远处，以便看清楚这个在尘世挣扎的自己所处的位置和可能的出路。

从一定意义上说，哲学家是一种分身有术的人，他的精神性自我已经能够十分自由地离开肉身，静观和俯视尘世的一切。在史铁生身上，我也看到了这种能力。他在作品中经常把史铁生其人当作一个旁人来观察和谈论，这不是偶然的。站在史铁生之外来看史铁生，这几乎成了他的第二本能。这另一个史铁生时而居高临下俯瞰自己的尘世命运，时而冷眼旁观自己的执迷和嘲笑自己的妄念，当然，时常也关切地走近那个困顿中的自己，对他劝说和开导。有时候我不禁觉得，如同罗马已经不在罗马一样，史铁生也已经不在那个困在轮椅上的史铁生的躯体里了。也许正因为如此，肉身所遭遇的接二连三的灾难就伤害不了已经不在肉身中的这个史铁生了。

看到并且接受人所必有的限制，这是智慧的起点，但智慧并不止于此。如果只是忍受，没有拯救，或者只是超脱，没有超越，智慧就会沦为冷漠的犬儒主义。可是，一旦寻求拯救和超越，智慧又不会仅止于智慧，它必不可免地要走向信仰了。

其实，当一个人认识到人的限制、缺陷、不完美是绝对的，困境是永恒的，他已经是在用某种绝对的完美之境做参照系了。如果只是把自己和别人作比较，看到的就只能是限制的某种具体形态，譬如说肉体的残疾。俗话说，人比人，气死人，以自己的残缺比别人的肢体齐全，以自己的坎坷比别人的一帆风顺，所产生的只会是怨恨。反过来也一样，以别人的不能比自己的能够，以别人的不幸比自己的幸运，只会陷入浅薄的沾沾自喜。唯有在把人与神作比较时，才能看到人的限制之普遍，因而不论这种限制在自己或别人身上以何种形态出现，都不馁不骄，心平气和。对人的限制的这样一种宽容，换一个角度来看，便是面对神的谦卑。所以，真正的智慧中必蕴涵着信仰的倾向。这也是哲学之所以必须是形而上学的道理之所在，一种哲学如果不是或明或暗地包含着绝对价值的预设，它作为哲学的资格就颇值得怀疑。

进一步说，真正的信仰也必是从智慧中孕育出来的。如果不是太看清了人的限制，佛陀就不会寻求解脱，基督就无须传播福音。任何一种信仰倘若不是以人的根本困境为出发点，它作为信仰的资格也是值得怀疑的。因此，譬如说，如果有一个人去庙里烧香磕头，祈求佛为他消弭某一个具体的灾难，赐予某一项具体的福乐，我们就有理由说他没有信仰，只有迷信。或者，用史铁生的话说，他是在向佛行贿。又譬如说，如果有一种教义宣称能够在人世间消灭一切困境，实现完美，我们也就可以有把握地断定它不是真信仰，在最好的情形下也只是乌托邦。还是史铁生说得好：人的限制是“神的给定”，人休想篡改这个给定，必须接受它。“就连耶稣，就连佛祖，也不能篡改它。不能篡改它，而是在它之中来行那宏博的爱愿。”一切乌托邦的错误就在于企图篡改神的给定，其结果不是使人摆脱了限制而成为神，而一定是以神的名义施强制于人，把人的权利也剥夺了。

《病隙碎笔》中有许多对于信仰的思考，皆发人深省。一句点睛的话是：“所谓天堂即是人的仰望。”人的精神性自我有两种姿态。当它登高俯视尘世时，它看到限制的必然，产生达观的认识和超脱的心情，这是智慧。当它站在尘世仰望天空时，它因永恒的缺陷而向往完满，因肉身的限制而寻求超越，这便是信仰了。完满不可一日而达到，超越永无止境，彼岸永远存在，如此信仰才得以延续。所以，史铁生说：“皈依并不在一个处所，皈依是在路上。”这条路没有一个终于能够到达的目的地，但并非没有目标，走在路上本身即是目标存在的证明，而且是唯一可能和唯一有效的证明。物质理想（譬如产品的极大丰富）和社会理想（譬如消灭阶级）的实现要用外在的可见的事实来证明，精神理想的实现方式只能是内在的心灵境界。所以，凡是坚持走在路上的人，行走的坚定就已经是信仰的成立。

最后，我要承认，我一边写着上面这些想法，一边却感到不安：我是不是站着说话不腰疼？一个无情的事实是，不管史铁生的那个精神性自我多么坚不可摧，他仍有一个血肉之躯，而这个血肉之躯正在被疾病毁坏。在生理的意义上，精神是会被肉体拖垮的，我怎么能假装不懂这个常识？上帝啊，我祈求你给肉身的史铁生多一点健康，这个祈求好像近似史铁生和我都反对的行贿，但你知道不是的，因为你一定知道他的“写作之夜”对于你也是多么宝贵。

哭铁生

凌晨，何东的短信："史铁生于12月31日3时46分离开我们去往天国。"

铁生走了？这个最坚强、最善良的人，这个永远笑对苦难的人，这个轮椅上的哲人，就这样突然走了？不可能，绝不可能！

我祈祷，我拒绝，我失声恸哭。

在这一瞬间，我清楚地知道，我的世界荒凉了，我失去了人世间最好的兄弟。

一直相信，虽然铁生身患残疾，双肾衰竭，但是，以他强健的禀赋和达观的心性，一定能够渡过一个又一个难关，活很长的时间。一直相信，只要我活着，我总能在水碓子那套住宅里看见他，一次又一次听他的爽朗的笑声和智慧的谈话。

人与人之间一定是有精神上的亲缘关系的。读铁生的作品，和铁生聊天，我的感觉永远是天然默契。

半年前，铁生刚从一场大病中复元，我和郭红两次去看他，郭红为一家杂志做他的访谈。虽然病后虚弱，他谈兴仍很浓，谈文学，谈写作，谈人生，谈信仰，话语质朴而直入本质。铁生和我都感到意犹未尽，相约以后要多谈。

此后，我和郭红拟了计划，待铁生身体状况较好时，做一个他和我的系列对话。因为血液的污染和频繁的透析，他有精力写作的时间极其有限，但他的头脑从未停止思考，如果能用一本对话录的形式留住他头脑中的珍宝，岂不很好。

然而，再也不可能了。我恨自己，没有任何理由可以原谅自己，我是一个忙于俗务而背叛了圣洁使命的俗人。

不是久患的肾病，而是突发的脑溢血，把铁生带走了。和死不期而遇，他会不会惊诧，会不会委屈？不会的。他早已无数次地与死洽谈，对死质疑。在那次谈话中，他告诉我，他想证明死是不可能的。当然，死是不可能的，他的高贵的灵魂就是证明，一定有天国。

亲爱的希米，你陪伴铁生走过了多么神奇的生命路程。在最艰难的日子里，我在你美丽的脸上看到的仍是妩媚的笑容。我相信，这笑容不会消失，它曾经是照耀铁生的尘世生命的阳光，而今后，它是对铁生的天国生命的永远祝福。

2010 年 12 月 31 日

没有一丝浮躁和媚俗

我还清楚地记得与崔健第一次见面的情形。那是十多年前，他的《一无所有》刚刚开始被年轻人传唱，在我也是结识不久的梁和平家里，中央乐团的一间小小的宿舍。我先到达，他进门后，把与他同来的刘元向我作了介绍，我发现站在我面前的两伙伴年轻得还近乎是孩子。第一眼的印象是朴实，有些腼腆，话语不多。我也是话语不多的人，只问了一个有关写歌词的问题，他回答说他文化不高，写词比较费劲。后来，当我一再惊讶于他的歌词的异常表达力之时，我就会不由自主地想起他说的这话。他还告诉我，他不喜欢读书，却喜欢读我的《尼采：在世纪的转折点上》，他的搞摇滚的朋友们也都喜欢。那天有一个摄影家在座，表示要给他照相，做国外一家刊物的封面，他谢绝了，说出名使他感到很疲劳。摄影家强调，他应该意识到他不只是自己，而是一代人的代言人，代表着时代精神，他回答："我不想那些，宁可轻松些，按自己的心愿唱。"寥寥几句，使我感到他是一个真实的人。那天夜晚，他弹着吉他，低吟浅唱了几支歌，脸上是迷醉的表情，像孩子那样快乐，像农夫那样淳朴，这些歌日后成了他的第一张专辑中的名曲。

在那以后，我作为一个观众出席过 1989 年 3 月在北京展览馆剧场举办的《新

长征路上的摇滚》演唱会，也在私人场合见过几次面，印象一直很好，感觉到他是一个内心非常严肃的人。我在他身上从未发现过浮躁和媚俗，上天挑选这样一个人来做中国摇滚的创始人，幸运地提高了八十年代流行音乐的质量，但也注定了他在辉煌之后的寂寞。

三年前，我们合作出版了《自由风格》一书。经常有人问我，我是怎么想到要和崔健做这个对话的。这当然有我一贯对崔健的欣赏为基础，不过，写书的想法则产生于一次餐桌闲聊。1999年一个早春的晚上，我和梁和平、刘雨田去崔健家，崔健请我们在附近一家餐馆吃饭。当时，刘雨田正在筹备横穿克拉玛什干沙漠之行，餐桌上的谈话就很自然地围绕着他的这次探险旅行。他喝多了一点，反复说，在告别生命之前能够与崔健和我在一起，够了。他说，崔健给他生命的冲动，我给他放心和祥和。我觉得他的醉言很可爱，但不赞成他一心去送死的念头，责问他："为了什么呢？因为有许多眼睛盯着你，媒体盯着你？你是为了他们去探险的吗？"崔健则精辟地指出："没有一个厌世的人会去探险。"刘谈到为民族争光，我又表示异议，说："这与民族有什么关系？这是你自己生命的需要，是个人面对上帝的事情。"这个话题也引出了崔健的一段感想，他沉默了一会儿，突然说起来："从下面往上看，我们觉得民族很重要，可是跳出来，从上面往下看，民族真是不重要。我觉得，谁真正理解我，谁就是和我有血缘关系，管他是什么民族的。"餐桌上的谈话是断断续续的，但这些片言只语使我感到了一种很深的默契。我的直觉告诉我，他的头脑里有思想的宝藏，便建议他写东西，我乐意做一回他的秘书。

当我们坐下来为写书进行一系列交谈时，崔健已不复是当年那个初出茅庐的小青年，而是一个功成名就的中年人了。他朴实依旧，多了一些沧桑感。然而，他依然是富有激情和活力的。平时沉默寡言的他，一旦谈论起感兴趣的话题，便江河滔滔，精彩纷呈。我自己从这次合作中获得了极大教益，它给我提供了一个机会，得以面对一个人生道路和事业领域与我完全不同的优秀者，聆听他对生活的认识。

受伤记

一

午夜的北京。空旷的街道上，灯光暗淡，车辆和行人稀少。

我出差刚回，下了民航大巴，朝前走去，一路和妻子用手机通话。她开车来接我，前方是一条宽阔的横马路，我们约定，她在对面的路口等我。我开始过马路，左方停车线外有一辆汽车打着强灯，十分晃眼，强光下看不见马路上有别的车影。走了几步，绿灯变黄灯了。于是我加快脚步，此时发生了意外。

那是一瞬间的事，我突然感觉到脸部遭到猛烈的撞击，立即倒地了。我本能地捂住脸，血流不止，两只手全是血。眼镜掉了，眼前一片模糊，但仍能察知身旁有一辆翻倒的电动车，一个人影站在车边，我知道自己是被这辆电动车撞了。它显然从左方疾驶而来，撞上我后紧急刹车。我对那人说，请帮我找一下眼镜。那人找到了眼镜，递给我，我戴上，站起来，看清他是一个小伙子。他一脸惊慌，不停地问我怎么样，我说我们先去马路边上吧。退回路边，路灯下看他，农民工的模样。他穿着黑色衣服，电动车也是黑色的，在黑夜里悄无声息地冲过来，难怪我这个深度近视眼毫不觉察了。他是个老实人，四周无人，他并不跑掉，仍是一脸惊慌，不停地问我怎么样。看他这个样子，我心里就一点不恨他了，甚至生出了一种共患难的怪异感觉。我告诉他，我妻子会开车过来，等她到了再说。

事故发生时，我手里仍握着手机，居然没有掉，已经沾满了血污。我一手捂住一直在流血的左脸颊，一手持手机与妻子通话，报告发生的事情和我现在的位置，让她赶紧来这边。妻子到达后，要和小伙子论理，我说别说了，让他走吧，我们赶快去医院。

二

北京口腔医院急诊室。一个年轻的男医生为我处置伤口，打麻药，缝针，完成之后，我问缝了几针，他说伤口很深，里面 5 针，外面 11 针，一共 16 针。他叮嘱我明天来医院拍片，颧骨很可能骨折，要做手术。

离开前，医生问那个肇事者呢，我说我让他走了，医生很惊讶。我解释说，第一他治不了我的伤，第二我无意让他出医疗费，所以把他带来无意义。加上一句：

他在旁边，我看着还心烦呢。医生说你真宽容。

我在微博上发布了事故消息，网友们十分关心，纷纷慰问，阅读逾千万，转载逾万，留言近九千。对于我放走肇事者，多数人夸我宽容，少数人责我纵容。我说一说我的真实心理吧，事情无关乎境界，我只是比较理智罢了。受伤之后，我头脑非常清醒，明白当时要做的只是一件事，就是立即去医院止住血，控制住可能的危险，为此必须排除任何干扰。当时我不知道自己受伤的程度，哪怕严重得多，甚至有生命危险，把肇事者带在身边有何用，追究其责任又有何意义？即使他不是农民工，有赔偿能力，我的态度依然，就是不纠缠。吃多大的亏，我也不愿与人纠缠，这几乎成了我的一个本能，这个本能在危急时刻下达了明确而断然的命令。

至于责备我纵容肇事者，未让其吸取应有的教训，我想说的是：对不起，在救自己性命要紧的关头，就恕我不承担这个教育使命了吧。电动车的乱象有目共睹，我也深恶痛疾，但须由政府部门下力气治理，不是我这个受害者教育一下某个肇事者就能够改善的。具体到这个肇事者，我相信他是好人，而一个好人的良心是无须强迫就会发生作用的。

三

CT 拍片的结果是，左侧颧骨一处骨折，颧弓二处骨折，有移位，建议手术。我住进北京大学口腔医院，在那里做了手术。

主刀医生是一位中年男士，憨厚，斯文，有些腼腆。凑巧的是，他喜欢我的书，我觉得太有缘了。一般是切开头皮做这种手术的，以避免脸上留疤痕，整容就是这样做的，我听了觉得恐怖。鉴于我脸上已有伤口，医生决定采用不同的方案，把已缝合的伤口切开，通过这个口子操作，复位断骨并用钛板固定。我感谢脸上的伤口，它帮我躲过了切头皮的恐怖情景。

手术是在全麻下进行的，持续一个半小时，很顺利，醒来一身轻松。生平第一回全麻，预警的种种副作用在我身上并未出现，我甚感满意。接下来就是静养了，慢慢等待伤口愈合、体力恢复。脸上留疤痕想来是免不掉的了，凡免不掉的事，就平静地接受吧。妻子端详我的伤口，调侃说：以后要不酷也难。我说：文弱书生也能酷，难得。一位女友安慰说：男人不靠外貌，靠精神。我说：是啊，以后只好全靠精神了。我对自己说：这是上帝给了我一个机会，要我进一步超脱肉体。

今年以来，这个肉体老出毛病，受了许多罪。前些日子做胃镜检查，让我决定是否选择无痛，所谓无痛就是全麻，我忽然意识到，是时候了，应该练习忍受肉体痛苦的能力了，就选择了有痛。人到老年——我多么不愿意承认这一点——病痛会逐渐增多，这个年龄的一个任务就是学习忍受肉体痛苦，把它当作客观之物接受。这实际上是在有意识地和肉体拉开距离，从而变得精神化。我相信，人生最后一个阶段的主要使命是精神化，让灵魂上升到肉体之上，淡然于肉体的遭遇，为诀别肉体做好准备。

四

事后许多次回想事故发生的那个时刻，我发现自己是幸运的。可以断定，我是被那辆电动车的金属把手撞击的。如果被撞击的部位往下一点儿，口腔里的众牙齿就会遭殃，从而留下长久得多的痛苦和麻烦。如果往上一点儿，左眼失明几乎是必然的。如果再往上一点儿，被撞击的是头颅，恐怕就性命不保了。事实上，每天在车祸中丧生的人还少吗？

所以，相比之下，颧骨创伤，脸颊留疤，破相，就都算不了什么了。

朋友们也一致认为，这是不幸之中的大幸。还有的朋友断定说，这是小灾去大灾。

话题一涉及命运，我就不知道该说什么了。一件已经发生的事情，当然会有无数复杂的因果关系导致它的发生，但是，对于这种复杂关系，我是弄不清并且不想去弄清的。一件已经发生的事情，也许会是命运图谱中的神秘符号从而影响到今后，但是，对于这种神秘关系，我也是弄不清并且不想去弄清的。我的认识仅限于知道，这件事情已经发生了，情况还不算太坏，那么，就让我带着这件事情的小小后果——比如说脸上的疤痕——好好地活吧。是的，即使脸上有疤痕，活着也是美好的。

我当然还知道，世事无常，人生苦短，一切美好都是暂时的。但是，我决定搁置这类形而上的思考，逗留在当下的美好之中。

我出院了，真好，迎接我的是灿烂的阳光。

我、你，每一个生命都是那么偶然地来到这个世界上，完全可能不降生，却毕竟降生了，然后又将必然地离去。想一想世界在时间和空间上的无限，每一个生命的诞生的偶然，怎能不感到一个生命与另一个生命的相遇是一种奇迹呢。

柒

生命本来没有名字

《妞妞》新版自序

本书初版至今已整整十年。十年来，有许多人为它流眼泪，也有个别人朝它啐唾沫。书有自己的命运，决定这命运的首先是读者，最终是时间，唯独不是作者。我自己的感觉是，随着岁月的流逝，这本书离我越来越远，它不再属于我。也许正因为如此，我反而能够跳出来，比较平静地面对读者的反应。

我想对流泪的读者说：在人世间，每天都有灾难发生，更悲惨的还有的是，请不要为书中讲述的十多年前某个小家庭的悲情故事流泪了。十多年前，我初为人父，偏偏遭遇和自己亲骨肉的生死之别，这使我对父女亲情有了刻骨铭心的体验。然而，我所遭受的境遇虽是特殊的，我所体验到的亲情却是普遍的。读者的反馈告诉我，读了这本书，许多做父母的更加珍惜养儿育女的宝贵经历了，许多做儿女的更加理解父母的爱心了。上天降灾于我，仿佛是为了在我眼前把亲情从平凡的日常生活中剥离出来，让我看清楚它的无比珍贵，并通过我向人们传达。如果说本书还有一点价值，这也许是其中之一。

我还想说：虽然我所遭遇的苦难是特殊的，但是，人生在世，苦难是寻常事，无人能担保自己幸免，区别只在于形式。我相信，在苦难中，一个人能够更深地体悟人生的某些真相，而这也许是本书的另一个价值。我从来不是超然的哲人，相反，永远是带着血肉之躯承受和思考苦难的。置身于一个具体的苦难中，我身上的人性的弱点也一定会暴露出来，盲目、恐惧、软弱、自私等等其实是凡俗之人的苦难的组成部分，我对此毫不避讳。如果那些啐唾沫的读者听得进去，这些话也是对他们说的。

作为一本书的《妞妞》已经不属于我，任凭读者和时间去评判。作为女儿的妞妞始终在我和雨儿的心中，任何评判都与她无关。妞妞永远一岁半，她在时间之外。我的生活没有停留在十多年前的那个苦难上面，它仍在前行，其后又发生了许多事情，这证明我的确是一个受制于时间的凡俗之人。但是，我知道，我心中有一个角落，它是超越于时间的，我能在那里与妞妞见面。我还知道，我前方有一片天地，它也是超越于时间的，我将在那里与妞妞会合。

周国平

2006年5月15日

让世界适合于小王子们居住

像《小王子》这样的书，本来是不需要有一篇序言的，不但不需要，而且不可能有。莫洛亚曾经表示，他不会试图去解释《小王子》中的哲理，就像人们不对一座大教堂或布满星斗的天穹进行解释一样。我也不会无知和狂妄到要给天穹写序，所能做的仅是借这个新译本出版之机，再一次表达我对圣爱克苏贝里的这部天才之作的崇拜和热爱。

我说《小王子》是一部天才之作，说的完全是我自己的真心感觉，与文学专家们的评论无关。我甚至要说，它是一个奇迹。世上只有极少数作品，如此精美又如此质朴，如此深刻又如此平易近人，从内容到形式都几近于完美，却不落丝毫斧凿痕迹，宛若一块浑然天成的美玉。

令我感到不可思议的一件事是，一个人怎么能够写出这样美妙的作品。令我感到不可思议的另一件事是，一个人翻开这样一本书，怎么会不被它吸引和感动。我自己许多次翻开它时都觉得新鲜如初，就好像第一次翻开它时觉得一见如故一样。每次读它，免不了的是常常含着泪花微笑，在惊喜的同时又感到辛酸。我知

道许多读者有过和我相似的感受，我还相信这样的感受将会在更多的读者身上得到印证。

按照通常的归类，《小王子》被称作哲理童话。你们千万不要望文生义，设想它是一本给孩子们讲哲学道理的书。一般来说，童话是大人讲给孩子听的故事。这本书诚然也非常适合于孩子们阅读，但同时更是写给某些成人看的。用作者的话来说，它是献给那些曾经是孩子并且记得这一点的大人的。我觉得比较准确的定位是，它是一个始终葆有童心的大人对孩子们、也对与他性情相通的大人们说的知心话，他向他们讲述了对于成人世界的观感和自己身处其中的孤独。

的确，作者的讲述饱含哲理，但他的哲理决非抽象的观念和教条，所以我们无法将其归纳为一些简明的句子而又不使之受到损害。譬如说，我们或许可以把全书的中心思想归结为一种人生信念，便是要像孩子们那样凭真性情直接生活在本质之中，而不要像许多成人那样为权力、虚荣、占有、职守、学问之类表面的东西无事空忙。可是，倘若你不是跟随小王子到各个星球上去访问一下那个命令太阳在日落时下降的国王，那个请求小王子为他不断鼓掌然后不断脱帽致礼的虚荣迷，那个热衷于统计星星的数目并将之锁进抽屉里的商人，那个从不出门旅行的地理学家，你怎么能够领会孩子和作者眼中功名利禄的可笑呢？倘若你不是亲耳听见作者谈论大人们时的语气——例如，他谈到大人们热爱数目字，如果你对他们说起一座砖房的颜色、窗台上的花、屋顶上的鸽子，他们就无动于衷，如果你说这座房子值十万法郎，他们就会叫起来："多么漂亮的房子啊！"他还告诉孩子们，大人们就是这样的，孩子们对他们应该宽宏大量——你不亲自读这些，怎么能够体会那讽刺中的无奈，无奈中的悲凉呢？

我还可以从书中摘录一些精辟的句子，例如："正因为你在你的玫瑰身上花费了时间，这才使她变得如此名贵。""使沙漠变得这样美丽的，是它在什么地方隐藏着一眼井。”可是，这样的句子摘不胜摘，而要使它们真正属于你，你就必须自己去摘取。且把这本小书当作一朵玫瑰，在她身上花费你的时间，且把它当作一片沙漠，在它里面寻找你的井吧。我相信，只要你把它翻开来，读下去，它一定会对你也变得名贵而美丽。

圣爱克苏贝里一生有两大爱好：飞行和写作。他在写作中品味人间的孤独，在飞行中享受 4000 米高空的孤独。《小王子》是他生前出版的最后一本书，出版一年后，他在一次驾机执行任务时一去不复返了。没有人知道他去了哪里，在地球上再也没有发现他的那架飞机的残骸。我常常觉得，他一定是到小王子所住的那个小小的星球上去了，他其实就是小王子。

有一年夏天，我在巴黎参观先贤祠。先贤祠的宽敞正厅里只有两座坟墓，分别埋葬着法兰西精神之父伏尔泰和卢梭，唯一的例外是有一面巨柱上铭刻着圣爱克苏贝里的名字。站在那面巨柱前，我为法国人对这个大孩子的异乎寻常的尊敬而感到意外和欣慰。当时我心想，圣爱克苏贝里诞生在法国并非偶然，一个懂得《小王子》作者之伟大的民族有多么可爱。我还想，应该把《小王子》译成各种文字，印行几十亿册，让世界上每个孩子和每个尚可挽救的大人都读一读，这样世界一定会变得可爱一些，会比较适合于不同年龄的小王子们居住。

生存的现实和寓言

谈《少年PI的奇幻漂流》

在读了加拿大作家马特尔的小说《少年PI的奇幻漂流》之后，几乎每一个评论者都会谈到它的奇特。一个印度动物园主带着他的家人和动物，搭乘一艘日本货船移居加拿大，不幸海上遇险，货船沉没。最后只剩下两个幸存者，一个是园主的十六岁儿子帕特尔即少年PI，另一个是一只名叫帕克的孟加拉虎，人虎共处于一只小小的救生艇，在无边的大海上漂流了二百二十七天。故事的主体部分便围绕着海上生存和驯虎展开。

这的确是一个奇特的故事。由于这种遭遇是我们感到难以想象的，我们的想象力更被刺激起来了。我们会不由自主地想到，如果类似的遭遇落到自己头上，我们又将如何。事实上，任何人都可能遇上某种灾难，而任何灾难在遇上之前都让人感到难以想象，一旦遇上就又必须接受。本书的主人公不是鲁宾逊式的开拓者，也不是《老人与海》中的硬汉子，而只是海难中一个普通的幸存者，因而我们会更容易设身处地进入他的处境和心境。

在遭遇巨大灾难时，一般人的最初反应是不相信，幻想奇迹出现，自己一定能获救。帕特尔也是如此，不过他很快绝望了，而生存的努力正是从绝望开始的。对于失事的人来说，最致命的错误是抱的希望太大，做的事却太少。帕特尔明白了这一点，他让自己不停地忙碌，甚至不再计算天数，忘记了时间概念本身。不要去想未来，就把漂流当作唯一可能的生活吧，这样反而有勇气活下去了。身陷任何一种绝境，只要还活着，就必须把绝境也当作一种生活，接受它的一切痛苦，也不拒绝它仍然可能有的任何微小的快乐。作者打了一个确切的比方：失事后的生活就像象棋残局，没有几个棋子，输赢不能再多了，可是你仍能从每一步赢棋中获取快乐。你到了地狱底层，仍面带微笑，为什么？因为在你脚下有一条可供充饥的小小的死鱼。总之，“无论生活以怎样的方式向你走来，你都必须接受它，尽可能地享受它。”

海上漂流的生活时常是乏味和恐惧的交替。大海是一个不变的圆圈，时间永无尽头，其单调使人陷入类似昏迷的漠然状态。大海又反复无常，随时变得狂暴，使人恐惧得要发疯。这两种情绪还彼此渗透，乏味下潜伏着恐惧，恐惧时仍感觉乏味。叔本华曾用海上漂流来譬喻人的生存。在本质上，我们每个人都孤独地漂流在人生的大海上，对生的乏味和死的恐惧也都多少有所领略。关于恐惧，帕特尔有一个很好的体会：恐惧是生命真正的对手，必须努力把它表达出来，用语言的光辉照亮它。如果逃避它，让它躲在无语的黑暗中，它就更容易把你打败。我相信我们也应该这样对付死的恐惧。

身处绝境之中，最忌讳的是把绝境与正常生活进行对比，认为它不是生活，这样会一天也忍受不下去。如果要作对比，干脆放大尺度，把自己的苦难放到宇宙的天平上去秤一秤。漂流在海上，帕特尔很自然地感受到了这种对比。夜晚，天空明净，月轮清晰，星星闪烁，海静静地躺着，他觉得自己仿佛看见了整个宇宙。于是——“我第一次注意到，我的痛苦是在一个宏伟庄严的环境中发生的。我从痛苦本身去看待它，认为它是有限的、不重要的，而我是静止不动的。”生命不过是通向广袤无垠的一个小小的窥孔，既然已经看到了广袤无垠，就别再在乎有没有这个窥孔了。看见宇宙便是融入宇宙，心境发生了根本的改变。面对宇宙，一个生命连同它的痛苦实在微不足道，可以忽略不计。

海上生存已是难事，况且还要对付那头老虎。然而，既出乎我们意料又令我们信服的是，恰恰是这头老虎，成了促使帕特尔活下来的救星。失事之初，帕克的确是他面临的头等难题。一开始船上剩有四只动物，鬣狗吃了斑马和猩猩，老虎又吃了鬣狗，下一个该轮到帕特尔了。因此，他一心盘算如何杀死老虎。但是，帕克在饱食之后的表现使他改变了主意。它专注地看着他，那是一只感到满足的动物的眼神。接着，它哼了一声，又哼了一声，像是在打招呼。作为动物园主的儿子，耳濡目染的经验使他理解了这种友好的表示，做出了驯服它的决定。驯虎的关键是保证其饮食的供应，这使他有大量的事情要做，整天忙于钓鱼、捕杀海龟、使用海水淡化器等，无暇去想死去的亲人和自己的困境，因此保持了心理的健康。如果没有帕克，他将独自面对绝望，那是比老虎更可怕的敌人。他和帕克似乎成了相依为命的伙伴。

可是，请不要以为我们看到了一个人兽相爱的浪漫童话，结束的场景无情地粉碎了这个错觉。船终于漂到了大陆，帕克跃向岸上，它的身体在帕特尔头顶上方的空中伸展开来，仿佛一道飞逝的毛绒绒的彩虹。它径直走向丛林，没有看帕特尔一眼。“在丛林边上，它停下来了。我肯定它会转身对着我。它会看我。它会耷拉下耳朵。它会咆哮。它会以诸如此类的方式为我们之间的关系做一个总结。它没有这么做。它只是目不转睛地看着丛林。然后，理查德·帕克，我忍受折磨时的伴侣，激起我求生意志的可怕猛兽，向前走去，永远从我的生活中消失了。”这一段描写十分精彩，我们又一次感到意外，同时立刻感到无比真实。其实，在作者笔下，帕克始终是一头猛兽，最后仍是如此，产生错觉的是我们，当然，还有帕特尔。他哭了，无法理解在经历了漫长而艰险的共患难之后，帕克怎么能如此无所谓地离他而去，甚至不回头看他一眼。

故事到此已经结束，但更大的意外还在后面。日本来人调查货船失事经过，帕特尔给出了另一个版本：沉船之后，幸存者其实是四个人，除他之外，还有他母亲、一个厨师、一个水手，并没有动物。饥饿驱使厨师杀食了水手和他母亲，既然只有他活下来了，显然他又杀食了厨师。那么，看来动物的故事是他编造出来以掩盖可怕的真相的，其实鬣狗是厨师，斑马是水手，猩猩是他母亲，而老虎就是他自己。

哪一个版本是真的？作者没有这么问，而是让帕特尔问调查员："哪一个故事更好？"调查员答："有动物的故事更好。"帕特尔说："谢谢。和上帝的意见一致。"我们不禁想起了小说的开头，在那里，作者告诉我们，他是从一个印度老人那里听到这个有动物的故事的，当时老人对他说："我有一个故事，它能让你相信上帝。"听完了故事，我们相信上帝了吗？也许，但仅在一个意义上，即上帝是一个必要的寓言。在全书的一头一尾，作者都谈到了动物和宗教。失事之前，在印度，帕特尔一面被父亲引领着认识动物园里猛兽的残忍习性，一面相当搞笑地同时成了三种不同宗教的狂热信徒。失事之后，到了加拿大，帕特尔成了一个大学生，专业是动物学和宗教学。我的理解是，动物学是人的生存的现实，宗教学是人的生存的寓言。在极端残酷的生存斗争中，人成了赤裸裸的动物。可是，上帝不喜欢这样，他把兽性的故事给了动物，而把人性的故事给了我们。我们需要上帝这个寓言，当然不只是为了掩饰我们的兽性，更是为了对我们的人性怀有信心。

你爱动物有几分

自从认识了收养流浪动物的张吕萍，蒋子丹就不得安宁了。她开始投入极大的热情和精力关注动物命运，做了大量调查，读了许多文献，决定要写一本书。那些日子里，她曾在电话里对我谈她的见闻、感受和思考，从她的兴奋的滔滔不绝中，我更多地听到了痛苦和困惑。前不久，她的书分成两册出版了，《动物档案》讲被遗弃的宠物的故事，《一只蚂蚁领着我走》探讨人与动物的关系。

我着重读了后一册。我自己对动物保护问题未尝细想，只觉得其中有太多的疑难和悖论，很想知道蒋子丹最终是怎样解决的。我发现，其实她也没有解决，直到书出版，她的痛苦和困惑依旧。她坦陈自己思考时瞻前顾后、顾此失彼的困境，迷茫、沉重乃至绝望的心情，因而不敢轻言自己是一个环保主义者，只是把所思所想所困所扰说了出来。这就对了，她是认真而诚实的，她的这本书的价值正在于此。

我们为什么要保护动物？保护到什么程度才合理？对此人们众说纷纭，提出了不同的理论根据。大致说来，根据越宏大、高级、形而上，保护的范围就越广阔，

规则就越严格，反之亦然。但是，不论持何种立场，在理论上或实际操作上似乎都存在着难以克服的困难。

最高级别的根据无疑是宗教，尤其是佛教，主张众生平等，对一切生命怀悲悯之心。其极端者如弘一法师，在遗嘱中仔细叮嘱，如何用四只小碗盛满水隔离尸体，以防蚂蚁爬上来在火化时被烧死。在基督教中，也有史怀泽提倡敬畏一切生命。对生命的悲悯或敬畏是伟大的宗教感情，可以提升人的灵魂境界。然而，具体到不杀生，若推至绝对化，在操作上是完全不可能的，在理论上也是大成问题的。人类为了维持生存，一方面对危害自身的动物例如蚊子、跳蚤必须予以灭杀，另一方面又需要从某些动物身上获取营养。即使以素食为基本主张的佛教，在藏地也不得不有所变通，允许吃牛羊肉，否则无法抵御严寒的气候。所以，最低限度的实践上的人类中心主义是不可避免的，用大自然的眼光看，这何尝不是作为物种之一的人类的天赋权利。

其次级别的根据是生态理论，就我们的话题来说，主要涉及野生动物的保护。同为强调保护生态，又有很大的区别。一种是科学的眼光，出发点是人类的长远利益，因为生态破坏危及此种利益，所以要遏止。很显然，这是一种理智的人类中心主义立场。另一种则力图摆脱人类中心主义立场，主张动物也是自然界中独立的生命体，有其天赋权利，人类不可随意支配。这种观点把生态上升到了哲学的高度，可称作生态主义或动物权利主义。然而，这个原则如果要贯彻到底，就应该不但适用于野生动物，也适用于家养动物，于是会产生麻烦，甚至人类饲养动物的权利都成了问题，更不用说使用和食用了。

第三类根据是一种扩展了的人道主义，即把人道主义原则扩展到动物身上，对动物尤其是有感知力的动物怀有同情心，予以善待。在主张或赞同保护动物的人里，多数人自觉不自觉地是从这个立场出发的。作者基本上也持这个立场，认为动物保护的主要动力来自“感同身受”。许多动物知苦乐，有感情，这是可以清楚地观察到的事实，其表现往往出人意料，令人惊奇和感动。因此，一个对同类真正有同情心的人，把同情心延伸到动物身上，实在是最自然的事情。同样，那些肆意虐待和残害动物的家伙，我们可以断定他们对同类也一定是冷酷的。如此看来，是否善待动物，所涉及的就不只是动物的命运，其结果也会体现在人身上，对道德发生重大影响。在这个意义上，保护动物就是保护人道，救赎动物就是人类的精神自救。但是，人对动物的同情心的界限应该划在哪里，善待动物应该到何种程度，依然是一个问题。最彻底的当然是不杀生，严格素食，与佛教和动物权利主义殊途同归。比较折中的则主张动物福利主义，认为应该给家养动物提供良好的生存环境，并在宰杀时尽量减少其痛苦。这种君子远庖厨式的仁慈往往被两方面讥为伪善。心肠最软的人说：既然仁慈，就别吃肉。心肠最硬的人说：既然吃肉，就别装仁慈。是啊，又要吃肉，又要仁慈，人在动物面前是多么无奈。

我把蒋子丹在书中分散讨论的内容集中起来，做了以上这一番讨论。我同样找不到结论。不过，我好像找到那个令我们进退失据、左右为难的捣蛋鬼了，它就是人类中心主义。这个东西，如果能把它根除，人和动物就彻底平等了，但事实上办不到。可是，它又的确是动物保护的最大障碍。出路在哪里？也许只能是对它加以管束，把它控制在一个合理的限度内，不让它为所欲为。当然，什么限度是合理的，各派意见不一。这倒没有关系，在我看来，宗教、生态理论、扩展的人道主义的大方向其实是一致的，都在为约束人类欲望、改善动物境况做出贡献，这就够了。

最后，谈一谈作者作了许多描述和评论的养宠物现象。我同意她的观察，养宠物与爱动物是两码事，宠物迷未必是动物之友，大量遭遗弃的宠物便是明证。

无论是为了满足情感需要，还是作为个人爱好，养宠物都无可非议，但也无可夸耀。然而，以何种心态和作风养宠物，却反映了人的素质。国人如今养宠物成风，反映出的国民素质实在不高。作者指出了以名贵宠物为身份象征、通过豪华养宠扩张物欲等低级趣味现象，除此之外，养宠物者不讲公德的情形比比皆是，我相信几乎每个小区的居民对此都已深恶痛疾。在我居住的小区，有几个养狗者在院子里溜狗时基本不拴绳，还故意让狗们登上儿童滑梯，孩子们常受惊扰。你猜这些人怎么说？——咱养狗跟养孩子是一个样的，疼着呢！

成为你自己

《作为教育家的叔本华》

译者导言之二

每个人的自我都是独一无二、不可重复的，每个人都理应在唯一的一次人生中实现这个自我的价值。谈论人生的意义，这应该是一个基本出发点。尼采也作如是观。他强调天才在文化创造上的决定作用，那是另一个问题，与此完全不矛盾的是，他同时也确认，人与人之间在自我的唯一性、独特性价值上是平等的。在本书中，他一再指出："每个人都是一个一次性的奇迹""每个人只要严格地贯彻他的唯一性，他就是美而可观的，就像大自然的每个作品一样新奇而令人难以置信，绝对不会使人厌倦。""每个人在自身中都载负着一种具有创造力的独特性，以作为他的生存的核心。"因此，珍惜这个独特的自我，把它实现出来，是每个人的人生使命。

可是，我们看到的现实是，人们都在逃避自我，宁愿躲藏在习俗和舆论背后。尼采就从分析这个现象入手，他问道："其实每个人心里都明白，作为一个独一无二的事物，他在世上只存在一次，不会再有第二次这样的巧合，能把如此极其纷繁的许多元素又凑到一起，组合成一个像他现在所是的个体。他明白这一点，可是他把它像亏心事一样地隐瞒着——为什么呢？"原因之一："因为惧怕邻人，邻人要维护习俗，用习俗包裹自己。”这是怯懦，怕舆论。“然而，是什么东西迫使一个人惧怕邻人，随大流地思考和行动，而不是快快乐乐地做他自己呢？”原因之二：因为懒惰，贪图安逸，怕承担起对自己人生的责任。“人们的懒惰甚于怯懦，他们恰恰最惧怕绝对的真诚和坦白可能加于他们的负担。”二者之中，懒惰是更初始的原因，正是大多数人的懒惰造成了普遍的平庸，使得少数特立独行之人生活在人言可畏的环境中，而这便似乎使怯懦有了理由。

世上有非凡之人，也有平庸之辈，这个区别的形成即使有天赋的因素，仍不可推卸后天的责任。一个人不论天赋高低，只要能够意识到自我的独特性并勇于承担起对它的责任，就都可以活得不平庸。然而，这个责任是极其沉重的，自我的独特性上“系着一副劳苦和重任的锁链”，戴上这副锁链，“生命就丧失了一个人在年轻时对它梦想的几乎一切，包括快乐、安全、轻松、名声等等；孤独的命运便是周围人们给他的赠礼”。所以，大多数人避之唯恐不及，宁可随大流、混日子，于是成为平庸之辈。

非凡之人为什么甘愿戴这副锁链呢？仅仅因为天赋高就愿意了吗？当然不是。尼采说：“伟人像所有小人物一样清楚，如果他循规蹈矩，得过且过，并且与周围的人和睦相处，他就能够生活得多么轻松，供他舒展身子的床铺会有多么柔软。”既然如此，他为什么偏要折磨自己呢？尼采的回答是，只因为他决不能容忍“人们企图在涉及他本人的事情上欺骗他”，他一定要活得明白，追问“我为何而活着”这样的根本问题，虽则这便意味着活得痛苦。

环顾周围，别人都不这样折磨自己。一方面，人们都作为大众而不是作为个人活着，“狂热地向政治舞台上演出的离奇闹剧鼓掌欢呼”。另一方面，人们都作为角色而不是作为自己活着，“戴着形形色色的面具，扮演成少年、丈夫、老翁、

父亲、市民、牧师、官员、商人等等，踌躇满志地走来，一心惦记着他们同演的喜剧，从不想一想自己。”“你为何而活着？对于这个问题，他们全都会不假思索自以为是地答道：‘为了成为一个好市民，或者学者，或者官员。’”尼采刻薄地讽刺道：“然而他们是一种绝无成为另一种东西之能力的东西”；接着遗憾地问道：“他们为什么是这样的呢？唉，为什么不是更好呢？”

尼采真正是哀其不幸，怒其不争。在他看来，逃避自我是最大的不争，由此导致的丧失自我是最大的不幸。他斥责道：“大自然中再也没有比那种人更空虚、更野蛮的造物了，这种人逃避自己的天赋，同时却朝四面八方贪婪地窥伺……他完全是一个没有核心的空壳，一件鼓起来的着色的烂衣服，一个镶了边的幻影……”

如此作为一个空壳活着，人们真的安心吗？其实并不。现代人生活的典型特征是匆忙和热闹，恰恰暴露了内在的焦虑和空虚。人们迫不及待地把心献给国家、赚钱、交际或科学，只是为了不必再拥有它。人们热心地不动脑筋地沉湎于繁重的日常事务，超出了生活所需要的程度，因为不思考成了更大的需要。“匆忙是普遍的，因为每个人都在逃避他的自我，躲躲闪闪地隐匿这种匆忙也是普遍的，因为每个人都想装成心满意足的样子，向眼光锐利的观者隐瞒他的可怜相，人们普遍需要新的语词的闹铃，系上了这些闹铃，生活好像就有了一种节日般的热闹气氛。”

匆忙是为了掩盖焦虑，热闹是为了掩盖空虚，但欲盖弥彰。人们憎恨安静，害怕独处，无休止地用事务和交际来麻痹自己，因为一旦安静独处，耳边就会响起一个声音，搅得人心烦意乱。可是，那个声音恰恰是我们应该认真倾听的，它叮咛我们：“成为你自己！你现在所做、所想、所追求的一切，都不是你自己。”这是我们的良知在呼唤，我们为什么不听从它，从虚假的生活中挣脱出来，做回真实的自己呢?

那么,怎样才能成为自己呢?首先要有一种觉悟,就是对你自己的人生负责。这个责任只能由你自己来负,任何别人都代替不了。这个责任是你在世上最根本的责任,任何别的责任都要用它来衡量。“对于我们的人生,我们必须自己向自己负起责任;因此,我们也要充当这个人生的真正舵手,不让我们的生存等同于一个盲目的偶然。”那些妨碍我们成为自己的东西,比如习俗和舆论,我们之所以看重它们,是因为看不开。第一个看不开,是患得患失,受制于尘世的利益。可是,人终有一死,何必这么在乎。“我们对待我们的生存应当敢做敢当,勇于冒险,尤其是因为,无论情况是最坏还是最好,我们反正会失去它。为什么要执著于这一块土地,这一种职业,为什么要顺从邻人的意见呢?”第二个看不开,是眼光狭隘,受制于身处的环境。“恪守几百里外人们便不再当一回事的观点,这未免太小城镇气了。”你跳出来看,就会知道,地理的分界,民族的交战,宗教的倡导,这一切都别有原因,都不是你自己,你降生于这个地方、这个民族、这个宗教传统纯属偶然,为何要让这些对你来说偶然的东西——它们其实就是习俗和舆论——来决定你的人生呢?摆脱了这些限制,你就会获得精神上的莫大自由,明白一个道理:“谁也不能为你建造一座你必须踏着它渡过生命之河的桥,除你自己之外没有人能这么做……世上有一条唯一的路,除你之外无人能走。它通往何方?不要问,走便是了。”

我们可以不问这条路通往何方,不管通往何方,我们都愿意承担其后果,但我们不能不问:一个人怎样才算是走上了这条唯一属于他的路,成为了他自己?我们真正的自我在哪里,我们怎样才能认识它?对于这个困难的问题,尼采在本书中大致做出了两个层次上的回答。

第一个层次是经验的、教育学的，就是认识和发展自己最好的禀赋。尼采指出，一个人不可能“用最直接的方式强行下到他的本质的矿井里去”挖掘他的真正的自我，这样做不但容易使自己受伤，而且不会有结果。但我们可以从自己的经验中寻找那些显示了我们的本质的证据，比如我们的友谊和敌对，阅读和笔录，记忆和遗忘，尤其是爱和珍惜。“年轻的心灵在回顾生活时不妨自问：迄今为止你真正爱过什么，什么东西曾使得你的灵魂振奋，什么东西占据过它同时又赐福予它？你不妨给自己列举这一系列受珍爱的对象，而通过其特性和顺序，它们也许就向你显示了一种法则，你的真正自我的基本法则。”

出自真心的喜爱，自发的不可遏制的兴趣，是一个人的禀赋的可靠征兆，这一点不但在教育学上是成立的，在人生道路的定向上也具有指导作用。就教育学而言，尼采附带涉及了一个重要问题，就是如何协调全力发展独特天赋与和谐发展全部能力这两个不同的教育原则。他只指出了一个理想的方向，就是一方面使独特天赋成为一个活的强有力的中心，另一方面使其余能力成为受其支配的圆周，从而“把那个整体的人培养成一个活的运动着的太阳和行星的系统”。

第二个层次是超验的、哲学的，就是寻找和获得一个“更高的自我”。那些曾使得你的灵魂振奋和幸福的对象，所显示的其实是你的超越肉身的精神本质，它们会引导你朝你的这个真正的自我攀升。尼采说：“你的真正的本质并非深藏在你里面，而是无比地高于你，至少高于你一向看作你的自我的那种东西。”因此，我们应该“渴望超越自己，全力寻求一个尚在某处隐藏着的更高的自我”。这个“更高的自我”，超越于个体的生存，不妨说是人类生存的形而上意义在个体身上的体现。

宇宙是一个永恒生成的过程，在这个过程中，在宇宙一个小小角落的短暂时间里，世代交替，国家兴灭，观念递变。“谁把自己的生命仅仅看作一个世代、一个国家或者一门科学发展中的一个点，因而甘愿完全属于生成的过程，属于历史，他就昧然于此在（das Dasein）给他的教训，必须重新学习。这永恒的生成是一出使人忘掉自我的骗人的木偶戏，是使个人解体的真正的瓦解力量，是时间这个大儿童在我们眼前耍玩并且拿我们耍玩的永无止境的恶作剧。”用宇宙的眼光看，个人和人类的生存都是永恒生成中稍纵即逝的现象，没有任何意义。但是，站在“此在”即活生生个人的立场上，我们理应拒绝做永恒生成的玩具，为个人和人类的生存寻找一种意义。

动物只知盲目地执著于生命，人不应该这样。“如果说整个自然以人为归宿，那么它是想让我们明白：为了使它从动物生活的诅咒中解脱出来，人是必需的；存在在人身上树起了一面镜子，在这面镜子里，生命不再是无意义的，而是显现在自身的形而上的意义中了。”通过自己的存在来对抗自然的盲目和无意义，来赋予本无意义的自然以一种形而上的意义，这是人的使命，也不妨视为天地生人的目的之所在。否则，人仍是动物，区别仅在于更加有意识地追求动物在盲目的冲动中追求的东西罢了。

我们如何能够超越动物式的盲目生存，达到那个意识到和体现出生命的形而上意义的“更高的自我”呢？单靠自己的力量做不到，“我们必须被举起——谁是那举起我们的力量呢？是那些真诚的人，那些不复是动物的人，即哲学家、艺术家和圣人。”青年人之所以需要人生导师，原因在此。

人生边上的智慧

读杨绛《走到人生边上》

杨绛九十六岁开始讨论哲学，她只和自己讨论，她的讨论与学术无关，甚至与她暂时栖身的这个热闹世界也无关。她讨论的是人生最根本的问题，同时是她自己面临的最紧迫的问题。她是在为一件最重大的事情做准备。走到人生边上，她要想明白留在身后的是什么，前面等着她的又是什么。她的心态和文字依然平和，平和中却有一种令人钦佩的勇敢和敏锐。她如此诚实，以至于经常得不出确定的结论，却得到了可靠的真理。这位可敬可爱的老人，我分明看见她在细心地为她的灵魂清点行囊，为了让这颗灵魂带着全部最宝贵的收获平静地上路。

在前言中，杨先生如此写道："我正站在人生的边缘边缘上，向后看看，也向前看看。向后看，我已经活了一辈子，人生一世，为的是什么呢？我要探索人生的价值。向前看呢，我再往前去，就什么都没有了吗？当然，我的躯体火化了，没有了，我的灵魂呢？灵魂也没有了吗？"这一段话点出了她要讨论的两大主题，一是人生的价值，二是灵魂的去向，前者指向生，后者指向死。我们读下去便知道，其实这两个问题是密不可分的。

在讨论人生的价值时，杨先生强调人生贯穿灵与肉的斗争，而人生的价值大致取决于灵对肉的支配。不过，这里的“灵”，并不是灵魂。杨先生说：“我最初认为灵魂当然在灵的一面。可是仔细思考之后，很惊讶地发现，灵魂原来在肉的一面。”读到这句话，我也很惊讶，因为我们常说的灵与肉的斗争，不就是灵魂与肉体的斗争吗？但是，接着我发现，她把“灵魂”和“灵”这两个概念区分开来，是很有道理的。她说的灵魂，指不同于动物生命的人的生命，一个看不见的灵魂附在一个看得见的肉体上，就形成了一条人命，且各各自称为“我”。据我理解，这个意义上的灵魂，相当于每一个人的内在的“自我意识”，它是人的个体生命的核心。在灵与肉的斗争中，表面上是肉在与灵斗，实质上是附于肉体的灵魂在与灵斗。所以，杨先生说：“灵魂虽然带上一个‘灵’字，并不灵，只是一条人命罢了。”我们不妨把“灵”字去掉，名之为“魂”，也许更确切。

肉与魂结合为“我”，是斗争的一方。那么，作为斗争另一方的“灵”是什么呢？杨先生造了一个复合概念，叫“灵性良心”。其中，“灵性”是识别是非、善恶、美丑等道德标准的本能，“良心”是遵守上述道德标准为人行事的道德心。她认为，“灵性良心”是人的本性中固有的。据我理解，这个“灵性良心”就相当于孟子说的人性固有的善“端”，佛教说的人皆有之的“佛性”。这里有一个疑问：作为肉与魂的对立面，这个“灵性良心”当然既不在肉体中，也不在灵魂中，它究竟居于何处，又从何方而来？对此杨先生没有明说。综观全书，我的推测是，它与杨先生说的“大自然的神明”有着内在的联系。这个“大自然的神明”，基督教称作神，孔子称作天。那么，“灵性良心”也就是人身上的神性，是“大自然的神明”在人身上的体现。天生万物，人为万物之灵，灵就灵在天对人有这个特殊的赋予。

接下来，杨先生对天地生人的目的有一番有趣的讨论。她的结论是：这个目的决不是人所创造的文明，而是堪称万物之灵的人本身。天地生人，着重的是人身上的“灵”，目的当然就是要让这个“灵”获胜了。天地生人的目的又决定了人生的目的。唯有人能够遵循“灵性良心”的要求修炼自己，使自己趋于完善。不妨说，人生的使命就是用“灵”引导“魂”，使之成为名副其实的“灵魂”。用这个标准衡量，杨先生对人类的进步提出了质疑：几千年过去了，世道人心进步了吗？现代书籍浩如烟海，文化普及，各专业的研究务求精密，皆远胜于古人，但是对真理的认识突破了多少呢？如此等等。一句话，文明是大大发展了，但人之为万物之灵的“灵”的方面却无甚进步。

尤使杨先生痛心的是：“当今之世，人性中的灵性良心，迷蒙在烟雨云雾间。”这位九十六岁的老人依然心明眼亮，对这个时代偏离神明指引的种种现象看得一清二楚：上帝已不在其位，财神爷当道，人世间只成了争权夺利、争名夺位的战场，穷人、富人有各自操不完的心，都陷在苦恼之中……在这个物欲横流的人世间，好人更苦：“你存心做一个与世无争的老实人吧，人家就利用你，欺侮你。你稍有才德品貌，人家就嫉妒你、排挤你。你大度退让，人家就侵犯你、损害你。你要保护自己，就不得不时刻防御。你要不与人争，就得与世无求，同时还要维持实力，准备斗争。你要和别人和平共处，就先得和他们周旋，还得准备随处吃亏……”不难看出，杨先生说的是她的切身感受。她不禁发出悲叹：“曾为灵性良心奋斗的人，看到自己的无能为力而灰心绝望，觉得人生只是一场无可奈何的空虚。”

况且我们还看到，命运惯爱捉弄人，笨蛋、浑蛋安享富贵尊荣，不学无术可以欺世盗名，有品德的人一生困顿不遇，这类事例数不胜数。“造化小儿的胡作非为，造成了一个不合理的人世。”这就使人对上天的神明产生了怀疑。然而，杨先生不赞成怀疑和绝望，她说：“我们可以迷惑不解，但是可以设想其中或有缘故。因为上天的神明，岂是人人都能理解的呢。”进而设问：“让我们生存的这么一

个小小的地球，能是世人的归宿处吗？又安知这个不合理的人间，正是神明的大自然故意安排的呢？”如果我没有理解错的话，杨先生的潜台词是：这个人世间可能只是一个过渡，神明给人安排的真正归宿处可能在别处。在哪里呢？她没有说，但我们可设想的只能是类似佛教的净土、基督教的天国那样的所在了。

这一点推测，可由杨先生关于灵魂不灭的论述证明。她指出：人需要锻炼，而受锻炼的是灵魂，肉体不过是中介，锻炼的成绩只留在灵魂上；灵魂接受或不接受锻炼，就有不同程度的成绩或罪孽；人死之后，肉体没有了，但灵魂仍在，锻炼或不锻炼的结果也就仍在。她的结论是：“所以，只有相信灵魂不灭，才能对人生有合理的价值观，相信灵魂不灭，得是有信仰的人。有了信仰，人生才有价值。”

那么，杨先生到底相信不相信灵魂不灭呢？在正文的末尾，她写道：“有关这些灵魂的问题，我能知道什么？我只能胡思乱想罢了。我无从问起，也无从回答。孔子曰：‘未知生，焉知死’，‘不知为不知’，我的自问自答，只可以到此为止了。”看来不能说她完全相信，她好像是将信将疑，但信多于疑。虽然如此，我仍要说，她是一个有信仰的人，因为在我看来，信仰的实质在于不管是否确信灵魂不灭，都按照灵魂不灭的信念做人处世，好好锻炼灵魂。孔子说“祭神如神在”，一个人若能事事都怀着“如神在”的敬畏之心，就可以说是有信仰的了。

杨先生向许多“聪明的年轻人”请教灵魂的问题，得到的回答很一致，都说人死了就是什么都没有了，而且对自己的见解都坚信不疑。我不禁想起了二千五百多年前苏格拉底的同样遭遇，当年这位哲人也曾向雅典城里许多“聪明的年轻人”请教灵魂的问题，得到的也都是自信的回答，于是发出了“我知道我一无所知”的感叹。杨先生也感叹：“真没想到我这一辈子，脑袋里全是想不通的问题。”“我提的问题，他们看来压根儿不成问题。”“老人糊涂了！”但是，也和当年苏格拉底的情况相似，正是这种普遍的自以为知更激起了杨先生深入探究的愿望。我们看到，她不依据任何已有的理论或教义，完全依靠自己的生活经验和独立思考，一步一步自问自答，能证实的予以肯定，不能证实的存疑。例如肉体死后灵魂是否继续存在，她在举了亲近者经验中的若干实例后指出：“谁也不能证实人世间没有鬼。因为‘没有’无从证实；证实‘有’，倒好说。”由于尚无直接经验，所以她自己的态度基本上是存疑，但决不断然否定。

杨先生的诚实和认真，着实令人感动。但不止于此，她还是敏锐和勇敢的，她的敏锐和勇敢令人敬佩。由于中国两千多年传统文化的实用品格，加上几十年的唯物论宣传和教育，人们对于看不见、摸不着的东西往往不肯相信，甚至毫不关心。杨先生问得好：“‘真、善、美’看得见吗？摸得着吗？看不见、摸不着的，不是只能心里明白吗？信念是看不见的，只能领悟。”我们的问题正在于太“唯物”了，只承认物质现实，不相信精神价值，于是把信仰视为迷信。她所求教的那些“聪明的年轻人”都是“先进知识分子”，大抵比她小一辈，其实也都是老年人了，但浸染于中国的实用文化传统和主流意识形态，对精神事物都抱着不思、不信乃至不屑的态度。杨先生尖锐地指出：“什么都不信，就保证不迷吗？”“他们的‘不信不迷’使我很困惑。他们不是几个人。他们来自社会各界：科学界、史学界、文学界等，而他们的见解却这么一致、这么坚定，显然是代表这一时代的社会风尚，都重物质而怀疑看不见、摸不着的‘形而上’境界。他们下一代的年轻人，是更加偏离‘形而上’境界，也更偏重金钱和物质享受的。”凡是对我们时代的状况有深刻忧虑和思考的人都知道，杨先生的这番话多么切中时弊，不啻是醒世良言。这个时代有种种问题，最大的问题正是信仰的缺失。

我无法不惊异于杨先生的敏锐，这位九十六岁的老人实在比绝大多数比她年轻的人更年轻，心智更活泼，精神更健康。作为证据的还有附在正文后面的“注释”，我劝读者千万不要错过，尤其是《温德先生爬树》《劳神父》《记比邻双鹊》《〈论语〉趣》诸篇，都是大手笔写出的好散文啊。尼采有言：“句子的步态表明作者是否疲倦了。”我们可以看出，杨先生在写这些文章时是怎样地毫不疲倦，精神饱满，兴趣盎然，遣词造句、布局谋篇是怎样地胸有成竹，收放自如，一切都在掌控之中。这些文章是一位九十六岁的老人写的吗？不可能。杨先生真是年轻！

时光村落里的往事

蓝蓝《人间情书》序

一

人分两种，一种人有往事，另一种人没有往事。

有往事的人爱生命，对时光流逝无比痛惜，因而怀着一种特别的爱意，把自己所经历的一切珍藏在心灵的谷仓里。

世上什么不是往事呢？此刻我所看到、听到、经历到的一切，无不转瞬即逝，成为往事。所以，珍惜往事的人便满怀爱怜地注视一切，注视即将被收割的麦田，正在落叶的树，最后开放的花朵，大路上边走边衰老的行人。这种对万物的依依惜别之情是爱的至深源泉。由于这爱，一个人才会真正用心在看，在听，在生活。

是的，只有珍惜往事的人才真正在生活。

没有往事的人对时光流逝毫不在乎，这种麻木使他轻慢万物，凡经历的一切都如过眼烟云，随风飘散，什么也留不下。他根本没有想到要留下。他只是貌似在看、在听、在生活罢了，实际上早已是一具没有灵魂的空壳。

二

珍惜往事的人也一定有一颗温柔爱人的心。

当我们的亲人远行或故世之后，我们会不由自主地百般追念他们的好处，悔恨自己的疏忽和过错。然而，事实上，即使尚未生离死别，我们所爱的人何尝不是在时时刻刻离我们而去呢?

浩渺宇宙间，任何一个生灵的降生都是偶然的，离去却是必然的；一个生灵与另一个生灵的相遇总是千载一瞬，分别却是万劫不复。说到底，谁和谁不同是这空空世界里的天涯沦落人?

在平凡的日常生活中，你已经习惯了和你所爱的人的相处，仿佛日子会这样无限延续下去。忽然有一天，你心头一惊，想起时光在飞快流逝，正无可挽回地把你、你所爱的人以及你们共同拥有的一切带走。于是，你心中升起一股柔情，想要保护你的爱人免遭时光劫掠。你还深切感到，平凡生活中这些最简单的幸福也是多么宝贵，有着稍纵即逝的惊人的美……

三

人是怎样获得一个灵魂的?

通过往事。

正是被亲切爱抚着的无数往事使灵魂有了深度和广度，造就了一个丰满的灵魂。在这样一个灵魂中，一切往事都继续活着：从前的露珠在继续闪光，某个黑夜里飘来的歌声在继续回荡，曾经醉过的酒在继续芳香，早已死去的亲人在继续对你说话……你透过活着的往事看世界，世界别具魅力。活着的往事——这是灵魂之所以具有孕育力和创造力的秘密所在。

在一切往事中，童年占据着最重要的篇章。童年是灵魂生长的源头。我甚至要说，灵魂无非就是一颗成熟了的童心，因为成熟而不会再失去。圣爱克苏贝里创作的童话中的小王子说得好："使沙漠显得美丽的，是它在什么地方藏着一口水井。"我相信童年就是人生沙漠中的这样一口水井。始终携带着童年走人生之路的人是幸福的，由于心中藏着永不枯竭的爱的源泉，最荒凉的沙漠也化作了美丽的风景。

四

"上帝创造了乡村，人类创造了城市。"这是英国诗人库柏的诗句。我要补充说：在乡村中，时间保持着上帝创造时的形态，它是岁月和光阴；在城市里，时间却被抽象成了日历和数字。

在城市里，光阴是停滞的。城市没有季节，它的春天没有融雪和归来的候鸟，秋天没有落叶和收割的庄稼。只有敏感到时光流逝的人才有往事，可是，城里人整年被各种建筑物包围着，他对季节变化和岁月交替会有什么敏锐的感觉呢？

何况在现代商业社会中，人们活得愈来愈匆忙，哪里有工夫去注意草木发芽、树叶飘落这种小事！哪里有闲心用眼睛看，用耳朵听，用心灵感受！时间就是金钱，生活被简化为尽快地赚钱和花钱。沉思未免奢侈，回味往事简直是浪费。一个古怪的矛盾：生活节奏加快了，然而没有生活。天天争分夺秒，岁岁年华虚度，到头来发现一辈子真短。怎么会不短呢？没有值得回忆的往事，一眼就望到了头。

五

就在这样一个愈来愈没有往事的世界上，一个珍惜往事的人悄悄写下了她对往事的怀念。这是一些太细小的往事，就像她念念不忘的小花、甲虫、田野上的炊烟、井台上的绿苔一样细小。可是，在她心目中，被时光带来又带走的一切都是造物主写给人间的情书，她用情人的目光从其中读出了无穷的意味，并把它们珍藏在忠贞的心中。

这就是摆在你们面前的这本《人间情书》。你们将会发现，我的序中的许多话都是蓝蓝说过的，我只是稍作概括罢了。

蓝蓝上过大学，出过诗集，但我觉得她始终只是个乡下孩子。她的这本散文集也好像是乡村田埂边的一朵小小的野花，在温室鲜花成为时髦礼品的今天也许是很不起眼的。但是，我相信，一定会有读者喜欢它，并且想起泰戈尔的著名诗句——“我的主，你的世纪，一个接着一个，来完成一朵小小的野花。”

1993年1月

表达你心中的爱和善意

《圣诞节清单》是一本令人感到温暖的书，在一个人性迷失的时代，它试图重新唤起我们对人性的信心。它提醒每一个人：你心中不但要有爱和善意，而且要及时地、公开地表达你心中的爱和善意。这个道理似乎简单，却常常被我们忽视。

我们活在世上，人人都有对爱和善意的需要。今天你出门，不必有奇遇，只要一路遇到的是友好的微笑，你就会觉得这一天十分美好。如果你知道世上有许多人喜欢你，肯定你，善待你，你就会觉得人生十分美好，这个世界十分美好。即使你是一个内心很独立的人，情形仍是如此，没有人独立到了不需要来自同类的爱和善意的地步。

那么，我们就应该经常想到，我们的亲人、朋友、同学、同事，他们都有这同样的需要。这赋予了我们一种责任：对于我们周围的人来说，这个世界是否美好，在很大程度上取决于我们是否爱他们、善待他们。我们每一个人都有责任给世界增添爱和善意，如同本书的主人公所说，藉此“把世界变成一个更好的、值得留恋的地方”。

应该相信，世上绝大多数人是善良的，而在每一个善良的人心中，爱和善意原是最自然的情感。可是，在许多时候，我们宁愿把这种情感埋在心里，不向相关的人表达出来。有时候我们是顾不上表达，忙于做自己的事，似乎缺乏表达的机会。有时候我们是羞于表达，碍于一种反向的面子，似乎怕对方不在乎自己的表达甚至会感到唐突。我们中国人在这方面尤其有心理障碍，其根源也许可追溯到讲究老幼尊卑的传统文化，从小生活在连最亲的亲人——父母与子女——之间也缺乏情感语言交流的环境中，使得我们始终不习惯用语言表达情感。

当然，最重要的事情是爱和善意本身，而不是表达。当然，表达有种种方式，不限于语言。然而，不可低估语言的作用。有一个人，也许他正在苦闷中，甚至患了忧郁症，认为自己已被世上一切人抛弃，你的一次充满爱心的谈话就能救他，但你没有救他，他终于自杀了。其实，这样的事经常在发生。当亲友中的某个人去世时，我们往往会后悔，有些一直想对他说的话再也没有机会说了。事实上，每一个人都在不可避免地走向死亡，我们随时面临着太迟的可能性。一切真诚的爱和善意，在本质上都是给予，并不求回报，因此没有什么可羞于启齿的。那是你心中的财富，你本应该及时把它呈献出来，让那个与它相关的人共享。

今天的时代有种种弊病，包括人们过于看重功利，由此导致人情冷漠。我不主张对少年人隐瞒社会的实情，让他们把一切都想象得非常美好，这会使他们失去免疫力，或者陷入幻灭的痛苦。但是，我更反对那种一味引导他们适应社会消极面的实用主义教育。在一定意义上，少年人今天的精神面貌决定了社会明天的面貌。我愿意向少年人推荐本书，是期望他们成为珍惜精神价值的一代，珍惜爱和善意的价值的一代，期望他们每一个人从小就树立本书主人公所表达的信念：“如果说学习如何给予爱、获得爱不是这个世界上重要的事，那么我就不知道什么是重要的了。”

生命本来没有名字

这是一封读者来信，从一家杂志社转来的。每个作家都有自己的读者，都会收到读者的来信，这很平常。我不经意地拆开了信封。可是，读了信，我的心在一种温暖的感动中战栗了。

请允许我把这封不长的信抄录在这里——

“不知道该怎样称呼您，每一种尝试都令自己沮丧，所以就冒昧地开口了，实在是一份由衷的生命对生命的亲切温暖的敬意。

“记住你的名字大约是在七年前，那一年翻看一本《父母必读》，上面有一篇写孩子的或者是写给孩子的文章，是印刷体却另有一种纤柔之感，觉得您这个男人的面孔很别样。

“后来慢慢长大了，读您的文章便多了，常推荐给周围的人去读，从不多聒噪什么，觉得您的文章和人似乎是很需要我们安静的，因为什么，却并不深究下去了。

“这回读您的《时光村落里的往事》，恍若穿行乡村，沐浴到了最干净最暖和的阳光。我是一个卑微的生命，但我相信您一定愿意静静地听这个生命说：‘我

愿意静静地听您说话……’我从不愿把您想像成一个思想家或散文家，您不会为此生气吧。

“也许再过好多年之后，我已经老了，那时候，我相信为了年轻时读过的您的那些话语，我要用心说一声：谢谢您！”

信尾没有落款，只有这一行字：“生命本来没有名字吧，我是，你是。”我这才想到查看信封，发现那上面也没有寄信人的地址，作为替代的是“时光村落”四个字。我注意了邮戳，寄自河北怀来。

从信的口气看，我相信写信人是一个很年轻的刚刚长大的女孩，一个生活在穷城僻镇的女孩。我不曾给《父母必读》寄过稿子，那篇使她和我初次相遇的文章，也许是这个杂志转载的，也许是她记错了刊载的地方，不过这都无关紧要。令我感动的是她对我的文章的读法，不是从中寻找思想，也不是作为散文欣赏，而是一个生命静静地倾听另一个生命。所以，我所获得的不是一个作家的虚荣心的满足，而是一个生命被另一个生命领悟的温暖，一种暖入人性根底的深深的感动。

“生命本来没有名字”——这话说得多么好！我们降生到世上，有谁是带着名字来的？又有谁是带着头衔、职位、身份、财产等等来的？可是，随着我们长大，越来越深地沉溺于俗务琐事，已经很少有人能记起这个最单纯的事实了。我们彼此以名字相见，名字又与头衔、身份 、财产之类相连，结果，在这些寄生物的缠绕之下，生命本身隐匿了，甚至萎缩了。无论对己对人，生命的感觉都日趋麻痹。多数时候，我们只是作为一个称谓活在世上。即使是朝夕相处的伴侣，也难得以生命的本然状态相待，更多的是一种伦常和习惯。浩瀚宇宙间，也许只有我们的星球开出了生命的花朵，可是，在这个幸运的星球上，比比皆是利益的交换，身份的较量，财产的争夺，最罕见的偏偏是生命与生命的相遇。仔细想想，我们是怎样地本末倒置，因小失大，辜负了造化的宠爱。

是的——我是，你是，每一个人都是一个多么普通又多么独特的生命，原本无名无姓，却到底可歌可泣。我、你，每一个生命都是那么偶然地来到这个世界上，完全可能不降生，却毕竟降生了，然后又将必然地离去。想一想世界在时间和空间上的无限，每一个生命的诞生的偶然，怎能不感到一个生命与另一个生命的相遇是一种奇迹呢。有时我甚至觉得，两个生命在世上同时存在过，哪怕永不相遇，其中也仍然有一种令人感动的因缘。我相信，对于生命的这种珍惜和体悟乃是一切人间之爱的至深的源泉。你说你爱你的妻子，可是，如果你不是把她当作一个独一无二的生命来爱，那么你的爱还是比较有限。你爱她的美丽、温柔、贤惠、聪明，当然都对，但这些品质在别的女人身上也能找到。唯独她的生命，作为一个生命体的她，却是在普天下的女人身上也无法重组或再生的，一旦失去，便是不可挽回地失去了。世上什么都能重复，恋爱可以再谈，配偶可以另择，身份可以炮制，钱财可以重挣，甚至历史也可以重演，唯独生命不能。愈是精微的事物愈不可重复，所以，与每一个既普通又独特的生命相比，包括名声地位财产在内的种种外在遭遇实在粗浅得很。

既然如此，当另一个生命，一个陌生得连名字也不知道的生命，远远地却又那么亲近地发现了你的生命，透过世俗功利和文化的外观，向你的生命发出了不求回报的呼应，这岂非人生中令人感动的幸遇?

所以，我要感谢这个不知名的女孩，感谢她用她的安静的倾听和领悟点拨了我的生命的性灵。她使我愈加坚信，此生此世，当不当思想家或散文家，写不写得出漂亮文章，真是不重要。我唯愿保持住一份生命的本色，一份能够安静聆听别的生命也使别的生命愿意安静聆听的纯真，此中的快乐远非浮华功名可比。

很想让她知道我的感谢，但愿她读到这篇文章。

你不妨在世界上闯荡，去建功创业，去探险猎奇，去觅情求爱，可是，你一定不要忘记了回家的路。这个家，就是你的自我，你自己的心灵世界。

捌 恋家 不需要理由

家

南方水乡，我在湖上荡舟。迎面驶来一只渔船，船上炊烟袅袅。当船靠近时，我闻到了饭菜的香味，听到了孩子的嬉笑。这时我恍然悟到，船就是渔民的家。

以船为家，不是太动荡了吗？可是，我亲眼看见渔民们安之若素，举止泰然，而船虽小，食住器具，一应俱全，也确实是个家。

于是我转念想，对于我们，家又何尝不是一只船？这是一只小小的船，却要载我们穿过多么漫长的岁月。岁月不会倒流，前面永远是陌生的水域，但因为乘在这只熟悉的船上，我们竟不感到陌生。四周时而风平浪静，时而波涛汹涌，但只要这只船是牢固的，一切都化为美丽的风景。人世命运莫测，但有了一个好家，有了命运与共的好伴侣，莫测的命运仿佛也不复可怕。

我心中闪过一句诗：家是一只船，在漂流中有了亲爱。

望着湖面上缓缓而行的点点帆影，我暗暗祝祷，愿每张风帆下都有一个温馨的家。

凡是经历过远洋航行的人都知道，一旦海平线上出现港口朦胧的影子，寂寞已久的心会跳得多么欢快。如果没有一片港湾在等待着拥抱我们，无边无际的大海岂不令我们绝望？在人生的航行中，我们需要冒险，也需要休憩，家就是供我们休憩的温暖的港湾。在我们的灵魂被大海神秘的涛声陶冶得过分严肃以后，家中琐屑的噪音也许正是上天安排来放松我们精神的人间乐曲。

不要说“赤条条来去无牵挂”。至少，我们来到这个世界，是有一个家让我们登上岸的。当我们离去时，我们也不愿意举目无亲，没有可以向之告别的亲人。倦鸟思巢，落叶归根，我们回到故乡故土，犹如回到从前靠岸的地方，从这里启程驶向永恒。我相信，如果灵魂不死，我们在天堂仍将怀念留在尘世的这个家。

家庭是人类一切社会组织中最自然的社会组织，是把人与大地、与生命的源头联结起来的主要纽带。有一个好伴侣，筑一个好窝，生儿育女，恤老抚幼，会给人一种踏实的生命感觉。无家的人倒是一身轻，只怕这轻有时难以承受，容易使人陷入一种在这世上没有根基的虚无感觉之中。

人是一种很贪心的动物，他往往想同时得到彼此矛盾的东西。譬如说，他既想要安宁，又想要自由，既想有一个温暖的窝，又想作浪漫的漂流。他很容易这山望那山高，不满足于既得的这一面而向往未得的那一面，于是便有了进出“围城”的迷乱和折腾。不过，就大多数人而言，是宁愿为了安宁而约束一下自由的。一度以唾弃家庭为时髦的现代人，现在纷纷回归家庭，珍视和谐的婚姻，也正证明了这一点。原因很简单，人终究是一种社会性的动物，而作为社会之细胞的家庭能使人的社会天性得到最经常最切近的满足。

家不仅仅是一个场所，而更是一个本身即具有生命的活体。两个生命因相爱而结合为一个家，在共同生活的过程中，他们的生命随岁月的流逝而流逝，流归何处？我敢说，很大一部分流入这个家，转化为这个家的生命了。共同生活的时间愈长，这个家就愈成为一个有生命的东西，其中交织着两人共同的生活经历和命运，无数细小而宝贵的共同记忆，在多数情况下还有共同抚育小生命的辛劳和欢乐。正因为如此，即使在爱情已经消失的情况下，离异仍然会使当事人感觉到一种撕裂的痛楚。此时不是别的东西，而正是家这个活体，这个由双方生命岁月交织成的生命体在感到疼痛。如果我们时时记住家是一个有生命的东西，它也知道疼，它也畏惧死，我们就会心疼它，更加细心地爱护它了。那么，我们也许就可以避免一些原可避免的家庭破裂的悲剧了。

心疼这个家吧，如同心疼一个默默护佑着也铭记着我们的生命岁月的善良的亲人。

我尝自问：大千世界，有许多可爱的女人，生活有无数种可能性，你坚守着与某一个女人组成的这个小小的家，究竟有什么理由？我给自己一条条列举出来，觉得都不成其为充足理由。我终于明白了：恋家不需要理由。只要你在这个家里感到自由自在，没有压抑感和强迫感，摩擦和烦恼当然免不了，但都能够自然地化解，那么，这就证明你的生活状态是基本对头的，你是适合于过有家的生活的。

家太平凡了，再温馨的家也充满琐碎的重复，所以家庭生活是难以入诗的。相反，羁旅却富有诗意。可是，偏偏在羁旅诗里，家成了一个中心意象。只有在“孤舟五更家万里”的情境中，我们才真正感受到家的可贵。

都市里的外乡人

我出生在都市，并且在都市里度过了迄今为止的大部分岁月。可是，我常常觉得，我只是都市里的一个外乡人。我的活动范围极其有限，基本上是坐在家里读书和写作，每周去一趟单位，偶尔到朋友家里串一串门，或者和朋友们去郊外玩一玩。在偌大都市中，我最熟悉的仅是住宅附近的一两家普通商店，那已经足以应付我的基本生活需要了。其余的广大区域，尤其是使都市引以自豪的那许多豪华商场和高级娱乐场所，对于我不过是一种观念的存在，是一些我无暇去探究的现代迷宫。

近些年来，我到过别的一些城市。我惊奇地发现，所到之处，即使是从前很偏僻的地方，都正在迅速涌现一个个新的都市。然而，这些新的都市是何其雷同！古旧的小街和城墙被拆除了，取而代之的是环城公路和通衢大道。格局相似的豪华商场向每一个城市的中心胜利进军，成为每一个城市的新的标记。可是，这些标记丝毫不能显示城市的特色，相反却证明了城市的无名。事实上，当你徘徊在某一个城市的街头时，如果单凭眼前的景观，你的确无法判断自己究竟身在哪一个城市。甚至人们的消闲方式也在趋于一致，夜幕降临之后，延安城里不再闻秧歌之声，时髦的青年男女纷纷走进兰花花卡拉 OK 厅。

当然，都市化还可以有另一种模式。我到过欧洲的一些城市，例如世界大都会巴黎，那里在更新城市建筑的同时，把维护城市的历史风貌看得比一切都重要，几近于神圣不可侵犯。一个城市的建筑风格和和民俗风情体现了这个城市的个性，它们源于这个城市的特殊的历史和文化传统。消灭了一个城市的个性，差不多就等于是消灭了这个城市的记忆。这样的城市无论多么繁华，对于它的客人都丧失了学习和欣赏的价值，对于它的主人也丧失了家的意义。其实，在一个失去了记忆的城市里，并不存在真正的主人，每一个居民都只是无家可归的外乡人而已。

就我的性情而言，我恐怕永远将是一个游离于都市生活的外乡人。不过，我无意反对都市化。我知道，虽然都市化会带来诸如人口密集、交通拥挤之类的弊端，但都市化本身毕竟是一个进步，它促进了经济和文化的繁荣。我只是希望都市化按照一种健康的方式进行。即使作为一个外乡人，我也是能够欣赏都市的美的。有时候，夜深人静之时，我独自漫步在灯火明灭的北京街头，望着被五光十色的聚光灯照亮的幢幢高楼，一种赞叹之情便会油然而生：在浩瀚宇宙的一个小小的角落，可爱的人类竟给自己造出了这么些精巧的玩具。我还庆幸于自己的发现：都市最美的时刻，是在白昼和夜生活的喧嚣都沉寂了下去的时候。

车窗外

小时候喜欢乘车，尤其是火车，占据一个靠窗的位置，趴在窗户旁看窗外的风景。这爱好至今未变。

列车飞驰，窗外无物长驻，风景永远新鲜。

其实，窗外掠过什么风景，这并不重要。我喜欢的是那种流动的感觉。景物是流动的，思绪也是流动的，两者融为一片，仿佛置身于流畅的梦境。

当我望着窗外掠过的景物出神时，我的心灵的窗户也洞开了。许多似乎早已遗忘的往事，得而复失的感受，无暇顾及的思想，这时都不召自来，如同窗外的景物一样在心灵的窗户前掠过。于是我发现，平时我忙于种种所谓必要的工作，使得我的心灵的窗户有太多的时间是关闭着的，我的心灵的世界里还有太多的风景未被鉴赏。而此刻，这些平时遭到忽略的心灵景观在打开了的窗户前源源不断地闪现了。

所以，我从来不觉得长途旅行无聊，或者毋宁说，我有点喜欢这一种无聊。在长途车上，我不感到必须有一个伴让我闲聊，或者必须有一种娱乐让我消遣。我甚至舍不得把时间花在读一本好书上，因为书什么时候都能读，白日梦却不是想做就能做的。

就因为贪图车窗前的这一份享受，凡出门旅行，我宁愿坐火车，不愿乘飞机。飞机太快地把我送到了目的地，使我来不及寂寞，因而来不及触发那种出神遐想的心境，我会因此感到像是未曾旅行一样。航行江海，我也宁愿搭乘普通轮船，久久站在甲板上，看波涛万古流涌，而不喜欢坐封闭型的豪华快艇。有一回，从上海到南通，我不幸误乘这种快艇，当别人心满意足地靠在舒适的软椅上看彩色录像时，我痛苦地盯着舱壁上那一个个窄小的密封窗口，真觉得自己仿佛遭到了囚禁。

我明白，这些仅是我的个人癖性，或许还是过了时的癖性。现代人出门旅行讲究效率和舒适，最好能快速到把旅程缩减为零，舒适到如同住在自己家里。令我不解的是，既然如此，又何必出门旅行呢？如果把人生譬作长途旅行，那么，现代人搭乘的这趟列车就好像是由工作车厢和娱乐车厢组成的，而他们的惯常生活方式就是在工作车厢里拼命干活和挣钱，然后又在娱乐车厢里拼命享受和把钱花掉，如此交替往复，再没有工夫和心思看一眼车窗外的风景了。

光阴蹉跎，世界喧嚣，我自己要警惕，在人生旅途上保持一份童趣和闲心是不容易的。如果哪一天我只是埋头于人生中的种种事务，不再有兴致趴在车窗旁看沿途的风光，倾听内心的音乐，那时候我就真正老了俗了，那样便辜负了人生这一趟美好的旅行。

没有目的的旅行

没有比长途旅行更令人兴奋的了，也没有比长途旅行更容易使人感到无聊的了。

人生，就是一趟长途旅行。

一趟长途旅行，意味着奇遇巧合，不寻常的机缘，意外的收获，陌生而新鲜的人和景物，总是意味着种种打破生活常规的偶然性和可能性。所以，谁不是怀着朦胧的期待和莫名的激动，踏上旅程的？

然而，一般规律是随着旅程的延续，兴奋递减，无聊递增。我们从记事起就已经身在这趟名为 “人生” 的列车上了，一开始，我们并不关心它开往何处，孩子们不需要为人生安上一目的，他们趴在车窗边，小脸蛋紧贴玻璃，窗外掠过的田野、树林、房屋、人畜无不可观，无不使他们感到新奇。

不知从何时起，车窗外景物不再令我们陶醉了，这是我告别童年的一个确切标志。我们长大了，我们开始需要一个目的，而且往往也就有了一个也许清晰但多半模糊的目的。我们相信列车将我们带往一个美妙的地方，那里的景物比沿途优美，我们在心里悄悄给那地方冠以美好的名称，名之为“幸福”“成功”“善”“真理”等等。

不幸的是，一旦我们开始憧憬一个目的，无聊便接踵而至，既然生活在远处，近处的就不是生活，既然目的最重要过程就等而下之，我们的心飞向未来只把身体留在现在。

视正在经历的一切为必不可免的过程，耐着性子忍受。

列车在继续行进，但我们愈来愈意识到自己身寄逆旅，不禁暗暗算日程，琢磨如何消磨途中的光阴。好交际者便找人攀谈胡侃神聊，不厌其烦地议论天气物价，新闻之类无聊话题；性情孤僻者则躲在一隅闷头吸烟。自从无烟车厢普及以来，就只是坐着发呆、瞌睡、打呵欠；不学无术之徒掏出随身携带的通俗无聊小报和杂志，读了一遍又一遍；饱学之士翻开事先准备的学术名著，想聚精会神研读终于读不进去，便屈尊向不学无术之徒借来通俗报刊，图个轻松。先生们没完没了打扑克，太太们没完没了的打毛衣；凡此种种，雅俗同归，都是在无聊中打发时间，以无聊的方式逃避无聊。

当然会有少数幸运儿为了自身的性情，或外在的机缘，对旅途本身仍然怀着浓厚的兴趣。一位诗人凭窗凝思，浮想联翩，笔下灵感如涌；一对妙龄男女隔座顾盼，两情款冷眉间秋波频送，他们都乐在其中，不觉得旅途无聊。愈是心中老悬着一个遥远目的地的旅客，愈不耐旅途的漫长，容易百无聊赖。由此可见，无聊生于目的与过程的分离，乃是一种对过程疏远和隔膜的心境。孩子或者像孩子一样单纯的人，目的意识淡薄，沉浸在过程中；过程和目的浑然不分，他们能够随遇而安，即事起兴，不易感到无聊。商人或者像商人一样精明的人，有非常明确实际的目的，以此指导行动，规划过程，目的与过程丝丝相扣。他们能够聚精会神，分秒必争，也不易感到无聊。怕就怕既失去孩子的单纯，又不肯学商人的精明。目的意识强烈却并无明确实际的目的，有所追求但所求不是太缥缈就是太模糊，我只是想要，但不知道究竟想要什么，这种心境是滋生无聊的温床。心中弥漫着一团空虚，无物可以填充。凡到手的一切都不是想要的，于是难免无聊了。

舍近逐远似乎是我们人类的天性，大约正是目的意识在其中作祟。一座围城，城里的人想出去，城外的人想进来。如果出不去进不来，就感到无聊，这是达不到目的的无聊；一旦城里的人到了城外，城外的人到了城里，又觉得城外和城里不过尔尔，这是目的达到后的无聊。于是，健忘的人（我们多半是健忘的）折腾往回跑，陷入又一轮循环。等到城里城外都厌倦，是进是出都无所谓，更大的无聊就来临了，这是没有了目的的无聊。

超出生存以上的目的，大抵是想象力的产物，想象力需要自己寻找一个落脚点。目的便是这落脚点，我们乘着想像力永往远方，疏远了当下的现实。一旦想象中的目的实现，我们又会觉得它远不如想象。最后，我们倦于追求一个目的了。但并不因此就心满意足地降落到地面上来，我们乘着疲惫的想象力，心灰意懒地盘旋在这块我们早已厌倦的大地上空，茫然回顾，无处栖身。

让我们回到那趟名为“人生”的列车上来，假定我们各自怀着一个目的，相信列车终将把我们带到心向往之的某地，为此我们忍受着旅途的无聊。这时列车的广播突然响了，通知我们列车并非开往某地，非但不是开往某地，而且不开往任何地方，它根本就没有一个目的地。试想一下，在此之后，不再有一个目的来支撑我们忍受旅途的无聊，其无聊更将如何？

然而，这正是我们或早或迟会悟到的人生真相，“天地者万物之逆旅”。万物之灵也只是万物的一分子，逃不脱大自然安排的命运。人活一世，不过是到天地间走了一趟罢了。人生的终点是死，死总不该是人生的目的，人生原本就是趟没有目的的旅行。

鉴于人生本无目的，只是过程。有的哲人就教导我们重视过程，不要在乎目的。如果真能像孩子那样的沉浸在过程中，当然可免除无聊；可惜的是，我们已非孩子，觉醒了的目的意识不容易回归混沌，莱辛说他重视追求真理的过程胜于重视真理本身。这话怕是出于一种无奈的心情。正因为过于重视真理，同时又过于清醒地看到真理并不存在，才不得以而追求诸过程，看破目的却如此执着过程，这好比看破红尘的人还俗，与过程早已隔了一道鸿沟，至多只能做到貌合神离而已。

如此看来，无聊是人的宿命，无论我们期待一个目的，可是根本没有目的可期待，我们都难逃此宿命。在没有目的时，我们仍有目的意识；在无可期待时，我们仍茫茫然若有所待。我们有时会沉醉在过程中，但是不可能始终和过程打成一片。我们渴念过程背后的目的，或者省悟过程背后绝无目的时，我们都会对过程产生疏远和隔膜之感；然而我们又被粘滞在过程中。我们的生命仅是一个过程而已，我们心不在焉而又身不由己，这种心境便是无聊。

记住回家的路

生活在今日的世界上，心灵的宁静不易得。这个世界既充满着机会，也充满着压力。机会诱惑人去尝试，压力逼迫人去奋斗，都使人静不下心来。我不主张年轻人拒绝任何机会，逃避一切压力，以闭关自守的姿态面对世界。年轻的心灵本不该静如止水，波澜不起。世界是属于年轻人的，趁着年轻到广阔的世界上去闯荡一番，原是人生必要的经历。所须防止的只是，把自己完全交给了机会和压力去支配，在世界上风风火火或浑浑噩噩，迷失了回家的路途。

每到一个陌生的城市，我的习惯是随便走走，好奇心驱使我去探寻这里的热闹的街巷和冷僻的角落。在这途中，难免暂时地迷路，但心中一定要有把握，自信能记起回住处的路线，否则便会感觉不踏实。我想，人生也是如此。你不妨在世界上闯荡，去建功创业，去探险猎奇，去觅情求爱，可是，你一定不要忘记了回家的路。这个家，就是你的自我，你自己的心灵世界。

寻求心灵的宁静，前提是首先要有一个心灵。在理论上，人人都有一个心灵，但事实上却不尽然。有一些人，他们永远被外界的力量左右着，永远生活在喧闹的外部世界里，未尝有真正的内心生活。对于这样的人，心灵的宁静就无从谈起。一个人唯有关注心灵，才会因为心灵被扰乱而不安，才会有寻求心灵的宁静之需要。所以，具有过内心生活的禀赋，或者养成这样的习惯，这是最重要的。有此禀赋或习惯的人都知道，其实内心生活与外部生活并非互相排斥的，同一个人完全可能在两方面都十分丰富。区别在于，注重内心生活的人善于把外部生活的收获变成心灵的财富，缺乏此种禀赋或习惯的人则往往会迷失在外部生活中，人整个儿是散的。自我是一个中心点，一个人有了坚实的自我，他在这个世界上便有了精神的坐标，无论走多远都能够找到回家的路。换一个比方，我们不妨说，一个有着坚实的自我的人便仿佛有了一个精神的密友，他无论走到哪里都带着这个密友，这个密友将忠实地分享他的一切遭遇，倾听他的一切心语。

如果一个人有自己的心灵追求，又在世界上闯荡了一番，有了相当的人生阅历，那么，他就会逐渐认识到自己在这个世界上的位置。世界无限广阔，诱惑永无止境，然而，属于每一个人的现实可能性终究是有限的。你不妨对一切可能性保持着开放的心态，因为那是人生魅力的源泉，但同时你也要早一些在世界之海上抛下自己的锚，找到最适合自己的领域。一个人不论伟大还是平凡，只要他顺应自己的天性，找到了自己真正喜欢做的事，并且一心把自己喜欢做的事做得尽善尽美，他在这世界上就有了牢不可破的家园。于是，他不但会有足够的勇气去承受外界的压力，而且会有足够的清醒来面对形形色色的机会的诱惑。我们当然没有理由怀疑，这样的一个人必能获得生活的充实和心灵的宁静。

编后记

“因为不知道自己要什么，然后看看别人，他有我没有，就焦虑了。其实一个知道自己要什么的人，他要的一定是符合自己性情、秉性的这些东西，这样他才会平静，从容。”——周国平

开始阅读周国平那年，我大二，20岁，还不曾关注“男生不可不读王小波，女生不可不读周国平”的流传说法，虽然我是女生。我只是开始读，因与文字端另一个灵魂产生的强烈认同、共鸣感而欢欣鼓舞，听它静静诉说同为个体存在的爱与孤独，接受它的自由价值观，目的却在于激发你的独立思考意识，它带你穿越生与死的思辨，结果是深刻认识到死后的虚无而加倍珍惜生的珍贵。我静静地推介给周围的人阅读，不曾聒噪什么，它的气质是宁静、从容的，阅读它的人亦是安静的。

知道周国平其人，是几年后，已毕业工作，从工作身份编辑的维度去认知，知道了周国平的作者地位，知道了如父辈甚至祖辈般年纪的人们都是他的读者。亲见周国平其人，是又几年后的国家图书馆，如今几个月过去，已不太记得清当天其衣服的具体颜色，留下的只有“舒服、随意”四字，如这些年读过的其文字，没有过多

的修饰，却能潜入有缘读者的心中，埋下一颗淡泊名利、注重心灵丰富的种子，生根发芽，得到长久的滋养。

集中阅读周国平作品，断断续续持续了近两年，摘抄笔记将近满满一本，阅读尚属不完整。时至今日，亦时时关注，购入新书。然作为读者与编辑的双重身份，我有个心愿，我想与万千读者互动，我想看看历经岁月流变、时代变迁，一代代读者喜欢的周国平又有多少重叠。我开始各种搜索，查看读者评论、读后感、分享数与推荐数，从而甄选出了 59 篇周国平文章，收录豆瓣、人人、百度、新浪、网易、腾讯等亿万网友感动和推荐最多的篇目，既收录有周国平早期经典文《时光村落里的往事》，亦有近期随感纪实作品《受伤记》，成为该书的缘起。该书选篇非作者自选，也非编辑个人选择，而是万千读者的选择。

后与周国平老师多次沟通、讨论，吸收周国平老师加以分辑别类，以便主题清晰、便于读者阅读建议，对选文进一步整理。在这个过程中，舍弃了不便归类的《活着写作是多么美好》《走在自己的路上》两篇文章，搜索新选入了《想念》《人生边上的智慧》文章。全书共分成八辑，囊括了人生观、价值观、孤独与安静、爱情与婚姻、孩子与教育、怀念友人、阅读感想及回归心灵家园八个方面内容。特别收录完整的《今天怎样做父母》三篇系列文章，希望能为已为人父母或即将为人父母的80后、90后，在面对子女教育时减少一些迷茫。所选文字都离不开性情的美好，传达一种向上的力量，情绪上的共鸣是基本一致的。

阅读，需要一种缘分，遇到一本思悟相通的书，多年后依旧能记起它的名字，是一种幸福。作为编辑，需要尽可能地增加作者与有缘读者的相遇机会。该书的价值在于，一方面作为精粹本，给老读者创造一次重温经典作品、赏读新作的契机，毕竟在不同的时空经历下，对作品的理解与共鸣程度都会有所不同；另一方面，作为新书资源，让新读者尤其是年轻读者不容易错过，从而邂逅喜欢的作者与作品，坚持阅读，向时代与阅读的浮躁争夺宁静的空间。

世界再嘈杂，愿你我都能抱有一颗安静的心，“在一个安静的位置上，去看世界的热闹，去看热闹背后的无限广袤的世界”。

图书在版编目（CIP）数据

愿生命从容 / 周国平著 .--2 版 .-- 北京 ：北京十月文艺出版社，2019.5（2025.5重印）
ISBN 978-7-5302-1832-7

Ⅰ．①愿… Ⅱ．①周… Ⅲ．①散文集 - 中国 - 当代 Ⅳ．① I267

中国版本图书馆 CIP 数据核字（2018）第 206239 号

愿生命从容
YUAN SHENGMING CONGRONG
周国平 著

出　　版　北京出版集团公司
　　　　　北京十月文艺出版社
地　　址　北京北三环中路 6 号
邮　　编　100120
网　　址　www.bph.com.cn
发　　行　新经典发行有限公司
　　　　　电话（010）68423599
经　　销　新华书店
印　　刷　北京奇良海德印刷股份有限公司
版　　次　2019 年 5 月第 2 版
印　　次　2025 年 5 月第 12 次印刷
开　　本　720 毫米 ×1000 毫米　1/16
印　　张　16
字　　数　150 千字
书　　号　ISBN 978-7-5302-1832-7
定　　价　56.00 元
质量监督电话　010-58572393
如有印装质量问题，由本社负责调换